Diogenes Taschenbuch 24144

Georges Simenon
Ausgewählte Romane in 50 Bänden
in chronologischer Reihenfolge ihrer Niederschrift
und in revidierten Übersetzungen

Band 44

Georges Simenon

Der Zug

Roman

Aus dem Französischen von
Trude Fein

Diogenes

Titel der Originalausgabe:
›Le train‹

Die deutsche Erstausgabe erschien 1963
Die vorliegende Übersetzung erschien
erstmals 1986 im Diogenes Verlag
und wurde für diese Ausgabe überarbeitet
Umschlagfoto von Werner H. Mueller (Ausschnitt)

Veröffentlicht als Diogenes Taschenbuch, 2013

www.diogenes.ch
40/13/8/1
ISBN 978 3 257 24144 0

I

Als ich aufwachte, sickerte durch die ungebleichten Leinenvorhänge das vertraute gelbliche Licht ins Schlafzimmer. Unsere Fenster im ersten Stock haben keine Läden. Kein Haus in der Straße hat welche. Ich hörte das Ticken des Weckers auf dem Nachttisch und neben mir die regelmäßigen Atemzüge meiner Frau, fast so laut wie in manchen Filmen die Atmung des Patienten während eines chirurgischen Eingriffs. Sie war im achten Monat schwanger, und ihr gewaltiger Bauch zwang sie, auf dem Rücken zu schlafen, wie seinerzeit vor Sophies Geburt.

Ohne auf den Wecker zu schauen, streckte ich ein Bein aus dem Bett hervor. Jeanne bewegte sich und murmelte:

»Wie spät ist es?«

»Halb sechs.«

Ich bin mein Leben lang früh aufgestanden, besonders seit den Jahren im Sanatorium, wo sie im Sommer um sechs Uhr morgens mit dem Fieberthermometer kamen.

Meine Frau nahm schon nicht mehr wahr, was um sie herum vorging. Sie hatte ihre Glieder ausgestreckt, und einer ihrer Arme lag jetzt quer über der Seite des Bettes, die ich gerade verlassen hatte.

Während ich mich lautlos und mit routinierten Bewegungen anzog, warf ich ab und zu einen Blick auf meine kleine Tochter, deren Bettchen weiterhin in unserem Schlafzimmer stand. Dabei hatten wir ihr gleich nebenan das hübscheste Zimmer im Haus, nach vorn hinaus, eingerichtet.

Doch sie weigerte sich, dort zu schlafen.

Ich verließ das Zimmer mit den Pantoffeln in der Hand und zog sie erst unten, am Fuß der Treppe, an. In diesem Moment hörte ich die ersten Schiffssirenen von der Uf-Schleuse her, die etwa zwei Kilometer von uns entfernt ist. Laut Vorschrift müssen die Schleusen bei Sonnenaufgang für die Schleppschiffe geöffnet werden, und jeden Morgen ertönt das gleiche Konzert.

In der Küche zündete ich das Gas an und setzte Wasser auf. Der Tag versprach wieder sonnig und heiß zu werden. Während dieser ganzen Zeit gab es nur strahlende Tage, und ich weiß noch genau, wie die Sonne von einem Zimmer zum nächsten wanderte.

Ich öffnete die Tür zum Hof, den wir mit Glas überdacht hatten, damit meine Frau dort bei jedem Wetter Wäsche waschen und aufhängen und die Kleine dort spielen konnte. Ich sehe noch den Puppenwagen vor mir und die Puppe, die daneben auf den gelben Fliesen lag.

Ich ging nicht sofort in meine Werkstatt, weil ich mich an meinen persönlichen Zeitplan halten wollte, der sich irgendwie eingespielt hatte und keineswegs bewusst festgelegt worden war.

Während das Wasser kochte, füllte ich Maiskörner in eine alte blaue Emailleschüssel mit verrostetem Boden, die zu nichts anderem mehr taugte, und ging durch den Garten, um die Hühner zu füttern. Wir hatten sechs weiße Hennen und einen Hahn.

Der Tau funkelte auf den Gemüsebeeten und auf unserem einzigen Fliederbusch, dessen lila Dolden, die dieses Jahr früh geblüht hatten, zu verwelken begannen. Ich hörte noch immer das Tuten der Schiffe auf der Maas und das Fauchen ihrer Dieselmotoren.

Ich möchte bereits hier nachdrücklich festhalten, dass ich zu diesem Zeitpunkt kein unglücklicher oder trauriger Mensch war. Mit zweiunddreißig Jahren hatte ich schon mehr erreicht, als ich mir je zu träumen gewagt hatte.

Ich hatte eine Frau, ein eigenes Haus, ein vierjähriges Töchterchen, das vielleicht ein wenig nervös war, doch Doktor Wilhems versicherte, das würde sich geben.

Ich hatte mich selbständig gemacht, und meine Kundschaft nahm täglich zu, besonders in den letzten Monaten. Aufgrund der jüngsten Ereignisse wollte jeder ein Radio haben. Ich kam kaum nach mit dem Verkauf von neuen und der Reparatur von alten Geräten, und da wir ganz nahe am Quai wohnten, wo die Schlepper über Nacht anlegten, gehörten auch die Flussschiffer zu meinen Kunden.

Ich erinnere mich, dass ich hörte, wie bei unseren Nachbarn zur Linken die Tür aufgeschlossen wurde. Es war ein sehr ruhiges, altes Ehepaar namens Matray. Monsieur Matray, der fünfunddreißig oder vierzig Jahre lang am Schalter bei der Banque de France gearbeitet hatte, war wie ich Frühaufsteher und begann jeden Tag mit einem kleinen Rundgang durch seinen Garten.

Alle Gärten in der Straße gleichen sich; sie sind so breit

wie die Häuser und durch Mäuerchen voneinander getrennt, gerade hoch genug, dass man den Scheitel des Nachbarn sieht.

In letzter Zeit hatte sich der alte Monsieur Matray angewöhnt, mich morgens abzupassen, weil ich mit meinen Apparaten Kurzwellen empfangen konnte.

»Was gibt's Neues, Monsieur Féron?«, fragte er mich jeden Morgen.

An jenem Tag bin ich ins Haus zurückgegangen, bevor er mir die Frage stellen konnte, und habe meinen Kaffee aufgebrüht. All die vertrauten Dinge standen an ihrem Platz, den Jeanne und ich ihnen zugewiesen oder den sie mit der Zeit wie von selbst eingenommen hatten.

Wäre meine Frau nicht in anderen Umständen gewesen, dann hätte ich jetzt ihre Schritte im ersten Stock über mir gehört, denn normalerweise stand sie kurz nach mir auf. Dennoch trank ich wie immer meine erste Tasse Kaffee in der Küche, ehe ich in die Werkstatt hinüberging. So hatten wir unsere Gewohnheiten, wie vermutlich die meisten Familien.

Jeannes erste Schwangerschaft war schwierig gewesen, und bei der Entbindung hatte es Komplikationen gegeben. Jeanne führte Sophies Nervosität auf die Zangengeburt zurück, bei der das Köpfchen des Kindes gequetscht worden war, und hatte seit Beginn der zweiten Schwangerschaft eine panische Angst vor der Geburt und vor allem davor, ein behindertes Kind zur Welt zu bringen.

Obwohl sie großes Vertrauen zu Doktor Wilhems hatte, konnte dieser sie jeweils höchstens für ein paar Stunden beruhigen, und abends konnte sie oft lange nicht einschlafen. Nachdem wir zu Bett gegangen waren, wälzte sie sich immer lange herum, bis sie eine halbwegs erträgliche Schlafposition gefunden hatte, und es endete fast immer damit, dass sie kaum hörbar fragte:

»Bist du noch wach, Marcel?«

»Ja.«

»Weißt du, ich frage mich, ob nicht Eisenmangel schuld sein könnte. In einem Artikel, den ich kürzlich gelesen habe…«

Oft wurde es zwei Uhr früh, bis sie endlich einschlafen konnte, und nicht selten fuhr sie zwischendurch mit einem Schrei hoch.

»Marcel, ich hatte wieder einen Alptraum.«

»Erzähl.«

»Nein, ich will lieber nicht daran denken. Es war einfach schrecklich. Entschuldige, dass ich dich geweckt habe. Du hast so viel zu tun…«

In letzter Zeit stand sie gegen sieben auf und kam dann herunter, um Frühstück zu machen.

Mit der Kaffeetasse in der Hand bin ich in meine Werkstatt gegangen und habe die Glastür geöffnet, die auf den Hof und den Garten hinausging. In diesem Augenblick kam ich jeweils in den Genuss des ersten Sonnenstrahls des Tages, links von der Tür, und ich wusste genau, wann er meine Werkbank erreichen würde.

Es ist keine richtige Werkbank, sondern ein großer, massiver Refektoriumstisch, den ich auf einer Versteigerung erstanden habe. Es stehen immer zwei, drei Apparate gleichzeitig darauf, an denen ich gerade arbeite. In einem Wandregal liegt mein Werkzeug, jedes Stück an seinem

Platz und in Griffnähe. Ringsum im Raum drängen sich auf den Weichholzgestellen, die ich habe anbringen lassen, Radioapparate, jeder mit einem Zettel versehen, auf dem der Name des Kunden steht.

Dann, nachdem ich den Moment wie spielerisch hinausgezögert hatte, drehte ich an den Knöpfen. Gegen alle Logik sagte ich mir:

›Wenn ich noch ein bisschen warte, wird es vielleicht heute sein.‹

An diesem Tag merkte ich sofort, dass endlich etwas passierte. Noch nie war der Äther derart überlastet gewesen. Egal, welche Frequenz ich wählte, die Sender störten sich gegenseitig, Stimmen, hohes Pfeifen, deutsche, niederländische, englische, französische Satzfetzen. Man spürte gleichsam eine dramatisch gesteigerte Pulsfrequenz im Raum.

»Heute Nacht haben die deutschen Truppen einen massiven Angriff gegen ...«

Es handelte sich noch nicht um Frankreich – jedenfalls war nicht die Rede davon –, sondern vorläufig um die Niederlande, die gerade überrannt worden waren. Die Nachricht kam von einem belgischen Sender. Ich suchte Paris, doch Paris blieb stumm.

Ein Sonnenstrahl flimmerte auf den grauen Dielenbrettern, und hinten im Garten umgackerten unsere sechs weißen Hühner den Hahn, den Sophie ›Nestor‹ nannte. Plötzlich fragte ich mich fast wehmütig, was aus unserem kleinen Hühnerhof werden sollte.

Ich drehte an anderen Knöpfen, um Kurzwellen aufzufangen. Man hätte meinen können, dass alle Leute gleichzeitig redeten. Eine Sekunde lang empfing ich Militärmusik und verlor sie sofort wieder, so dass ich nie erfahren habe, von welcher Armee sie stammte.

Ein Engländer verlas eine Meldung und wiederholte dabei jeden Satz, als diktierte er einem Korrespondenten. Ich verstand ihn ohnehin nicht. Dann erwischte ich einen Sender, den ich noch nie gehört hatte, einen Militärsender.

Er musste sich ganz in der Nähe befinden und zu einem der Regimenter gehören, die seit Oktober, seit Beginn des Sitzkrieges, in der Umgegend stationiert waren.

Die Stimmen der beiden Redenden waren so deutlich zu vernehmen, als telefonierten sie mit mir. Wahrscheinlich befanden sie sich in der Gegend von Givet, aber das war nicht wichtig.

»Wo ist er denn, dein Oberst?«

Der Mann sprach mit ausgeprägtem südfranzösischem Akzent.

»Ich weiß bloß, dass er nicht hier ist.«

»Er sollte aber da sein.«

»Na und? Was soll ich tun?«

»Ihn unbedingt finden. Er wird doch wohl irgendwo schlafen?«

»Jedenfalls nicht in seinem Bett.«

»In welchem Bett sonst?«

Gelächter.

»Mal hier, mal dort…«

Nebengeräusche machten das Weitere unverständlich. Ich sah auf und erblickte die weißen Haare und das rosige Gesicht des alten Monsieur Matray über der Mauer, wo er eine alte Kiste als Stehleiterersatz hingestellt hatte.

»Was gibt's Neues, Monsieur Féron?«

»Die Deutschen sind in den Niederlanden einmarschiert.«

»Ist das offiziell?«

»Die Belgier melden es.«

»Und Paris?«

»Paris sendet Musik.«

Ich hörte ihn ins Haus laufen und rufen:

»Germaine! Germaine! Es ist so weit! Sie greifen an!«

Ich dachte auch: ›Jetzt ist es so weit‹, aber für mich hatten die Worte eine andere Bedeutung als für Monsieur Matray. Ich schäme mich fast, es zu sagen: Ich war erleichtert. Ich frage mich sogar, ob ich nicht seit Oktober, ja seit dem Münchner Abkommen, voll Ungeduld auf diese Minute gewartet hatte, ob ich nicht jeden Morgen enttäuscht gewesen war, wenn ich meine Apparate aufdrehte und hörte, dass die Armeen einander noch immer kampflos gegenüberstanden.

Es war der 10. Mai, ein Freitag, da bin ich fast sicher. Jedenfalls hatte ich einen Monat vorher, am 8. oder 9. April, aufgeatmet, als die Deutschen Dänemark und Norwegen überfielen.

Ich weiß nicht, wie ich es erklären soll und ob mich überhaupt jemand verstehen kann. Man wird mir vorhalten, dass mir persönlich ja nichts passieren konnte, weil ich wegen meiner Kurzsichtigkeit für dienstuntauglich erklärt war. Ich habe sechzehn Dioptrien. Das bedeutet, ohne meine Brille bin ich so verloren wie ein normaler Mensch in tiefster Nacht oder zumindest im dichten Nebel.

Es war von jeher meine große Angst, plötzlich ohne meine Brille dazustehen, zum Beispiel auf der Straße hinzufallen und sie zu zerbrechen. Ich habe immer eine Ersatzbrille in der Tasche. Dabei spreche ich gar nicht von meiner Gesundheit, von den vier Jahren, die ich im Alter von vierzehn bis achtzehn im Sanatorium verbracht habe, und den Kontrolluntersuchungen, die ich bis vor kurzem über mich ergehen lassen musste. Das alles hat nichts mit der Ungeduld zu tun, die ich zu erklären versuche.

Ich hatte von Anfang an wenig Hoffnung, ein normales Leben zu führen, geschweige denn einen ordentlichen Beruf zu erlernen und eine Familie zu gründen.

Dennoch – und das möchte ich betonen – war ich ein glücklicher Mensch geworden. Ich liebte meine Frau, ich liebte meine kleine Tochter. Ich liebte mein Haus, meinen alltäglichen Trott, ja selbst unsere ruhige und sonnenbeschienene Straße, die zur Maas hinunterführte.

Das änderte nichts daran, dass ich am Tag der Kriegserklärung tatsächlich etwas wie Erleichterung empfand. Ich ertappte mich dabei, wie ich ganz laut sagte:

»Das musste ja kommen.«

Meine Frau sah mich erstaunt an.

»Warum?«

»Darum. Ich wusste es einfach.«

Dabei dachte ich nicht an Frankreich und Deutschland, auch nicht an Polen, England und Hitler, nicht an den Nationalsozialismus oder den Kommunismus. Ich habe mich nie für Politik interessiert und kenne mich damit nicht aus. Kaum dass ich die Namen von drei oder vier französischen Ministern nennen könnte, und auch das nur, weil ich sie im Radio gehört habe.

Nein, der Krieg, der nach einem Jahr trügerischer Ruhe

jetzt plötzlich doch ausbrach, war eine ganz persönliche Angelegenheit zwischen dem Schicksal und mir.

Ich hatte bereits einen Krieg miterlebt, in derselben Stadt, in Fumay, als Kind, denn 1914 war ich sechs Jahre alt gewesen. Ich habe meinen Vater in seiner Uniform im strömenden Regen davonziehen sehen, und meine Mutter hatte den ganzen Tag rote Augen. Ich habe fast vier Jahre lang die Kanonen donnern gehört, besonders, wenn wir auf die Anhöhen gingen. Ich erinnere mich an die Deutschen und ihre Pickelhelme, die Radmäntel der Offiziere, die Bekanntmachungen, die an den Hausmauern angeschlagen waren, die Rationierung, das schlechte Brot, den Mangel an Zucker, Butter und Kartoffeln.

Eines Abends im November habe ich meine Mutter splitternackt heimkommen sehen, mit kahlgeschorenem Kopf, während sie einer Schar von jungen Burschen, die hinter ihr herzogen, Schimpfworte und obszöne Ausdrücke zuschrie.

Ich war damals zehn Jahre alt. Wir wohnten mitten in der Stadt, in einer Wohnung im ersten Stock. Man hörte überall Geschrei, Musik, Knallfrösche.

Sie hat sich angezogen, ohne mich zu beachten. Sie sah aus wie eine Irrsinnige und fuhr fort, Wörter zu sagen, die ich nie von ihr gehört hatte. Als sie fertig angezogen, mit einem Tuch um den Kopf dastand, schien sie sich plötzlich an mich zu erinnern.

»Madame Jamais wird sich um dich kümmern, bis dein Vater heimkommt.«

Madame Jamais war die Hausbesitzerin und wohnte im Parterre. Ich war viel zu erschrocken, um zu weinen.

Meine Mutter hat mich nicht geküsst. An der Tür hat sie kurz gezögert, dann ist sie fort, ohne noch ein Wort zu sagen, und die Haustür ist hinter ihr ins Schloss gefallen.

Ich versuche nichts zu erklären. Sicher hat dies alles nichts mit meinen Gefühlen von 1939 oder 1940 zu tun. Ich berichte bloß wahrheitsgemäß die Tatsachen, wie sie mir wieder in den Sinn kommen.

Vier Jahre später bekam ich Tuberkulose. Und dann zwei, drei weitere Krankheiten, eine nach der anderen.

Als jetzt der Krieg ausbrach, hatte ich einfach das Gefühl, dass das Schicksal mir erneut einen Streich spielte, und das überraschte mich nicht einmal. Ich war beinahe sicher gewesen, dass es eines Tages so kommen würde.

Diesmal war es kein Bazillus, kein Virus, keine angeborene Missbildung irgendeines Teils des Sehapparates – die Ärzte konnten sich nie einigen, was mit meinen Augen wirklich los war. Es war ein Krieg, der viele Millionen Menschen aufeinander loshetzte.

Ich bin mir darüber klar, wie lächerlich der Gedanke war. Und doch wusste ich »es« einfach, war ich vorbereitet, und das lange Warten seit Oktober war für mich immer unerträglicher geworden. Ich konnte es einfach nicht fassen. Ich verstand nicht, warum das, was geschehen musste, nicht geschah.

Würde man uns erneut, wie nach München, eines schönen Tages verkünden, dass alles wieder in Ordnung wäre, dass das Leben wie gewohnt weiterging, dass wir umsonst Todesangst gehabt hatten?

Hätte ein solcher Verlauf der Ereignisse nicht bedeutet, dass etwas mit meinem Schicksal nicht stimmte?

Die Sonne begann zu wärmen. Sie breitete sich im Hof aus und schien auf die Puppe. Unser Schlafzimmerfenster wurde geöffnet, und meine Frau rief herunter:

»Marcel!«

Ich stand auf, trat vor die Werkstatt und legte den Kopf in den Nacken. Meine Frau hatte die gleichen Pigmentflecken wie in der ersten Schwangerschaft. Ihr aufgedunsenes, gespanntes Gesicht erschien mir rührend, aber fast fremd.

»Was ist passiert?«

»Hast du es gehört?«

»Ja. Ist es wirklich wahr? Sie greifen an?«

»Sie sind in den Niederlanden einmarschiert.«

Hinter ihr fragte die Kleine:

»Maman, was ist los?«

»Leg dich wieder hin. Es ist noch zu früh zum Aufstehen.«

»Was hat Papa gesagt?«

»Nichts. Schlaf weiter.«

Gleich darauf kam sie herunter. Sie roch noch nach Bett und ging mit leicht gespreizten Beinen, wegen des Bauchs.

»Glaubst du, sie kommen durch?«

»Keine Ahnung.«

»Was sagt die Regierung?«

»Es kam noch keine Meldung.«

»Was willst du tun, Marcel?«

»Ich habe es mir noch nicht überlegt. Erst will ich noch weitere Nachrichten hören.«

Sie kamen noch immer aus Belgien. Eine abgehackte, dramatische Stimme verkündete, dass um ein Uhr nachts

Messerschmitts und Stukas Belgien überflogen und an mehreren Orten Bomben abgeworfen hatten.

Deutsche Panzer waren in die Ardennen vorgedrungen, und die belgische Regierung forderte Frankreich in aller Form dazu auf, sie bei der Verteidigung ihrer Grenzen zu unterstützen.

Die Holländer öffneten die Deichschleusen und überschwemmten weite Gebiete ihres Landes. Schlimmstenfalls würde man die Eindringlinge am Albert-Kanal aufhalten, hieß es.

Meine Frau machte inzwischen Frühstück und deckte den Tisch. Ich hörte das leise Klirren der Tassen.

»Etwas Neues?«

»Deutsche Panzer überqueren so ziemlich überall die belgische Grenze.«

»Und was wird nun? ...«

An manche Augenblicke des Tages erinnere ich mich so genau, dass ich einen detaillierten Bericht darüber verfassen könnte, dann wieder kommt mir vor allem die Sonne in den Sinn, die Frühlingsdüfte, der Himmel, der so blau war wie bei meiner Erstkommunion.

Die ganze Straße erwachte. In den Häusern, die alle dem unseren glichen, wurde es lebendig. Meine Frau öffnete die Haustür, um Brot und Milch hereinzuholen, und ich hörte sie mit unserer Nachbarin zur Rechten, Madame Piedbœuf, der Frau des Lehrers, sprechen. Sie hatten eine niedliche kleine Tochter mit blonden Locken, rosigen Wangen und großen blauen Augen und langen Puppenwimpern wie aus dem Bilderbuch, die immer so hübsch herausgeputzt war wie zu einem Fest. Seit einem Jahr besaßen sie auch ein kleines Auto, in dem sie sonntags spazieren fuhren.

Ich weiß nicht, was die beiden Frauen miteinander redeten. Aus den Geräuschen, die an mein Ohr drangen, schloss ich, dass sie nicht die Einzigen draußen waren, dass auch andere Nachbarn einander von Tür zu Tür zuriefen. Als Jeanne wieder hereinkam, sah sie noch blasser und elender aus als ohnehin schon.

»Sie reisen ab!«, verkündete sie.

»Wohin?«

»In Richtung Süden, irgendwohin. Und am Ende der Straße sieht man Autos mit Matratzen auf dem Dach vorbeifahren, hauptsächlich Belgier.«

Schon vor dem Münchner Abkommen hatten wir sie vorbeifahren sehen, und im Oktober waren wieder eine ganze Menge Belgier nach Südfrankreich gereist, reiche Leute, die es sich leisten konnten zu warten.

»Werden wir hierbleiben?«

»Ich weiß noch nicht.«

Ich war aufrichtig. Ich, der ich die Ereignisse schon so lange hatte kommen sehen, sie sogar ungeduldig erwartet hatte – ausgerechnet ich hatte nichts geplant. Es war, als wartete ich auf ein Zeichen, als wollte ich den Zufall für mich entscheiden lassen.

Ich war nun nicht mehr verantwortlich. Das ist vielleicht das Wort für das, was ich vorhin zu erklären versuchte. Gestern noch lag es an mir, mein Leben und das meiner Familie zu lenken, Geld zu verdienen, dafür zu sorgen, dass alles seinen ordentlichen Gang ging.

Jetzt nicht mehr. Ich hatte soeben meine Wurzeln verloren. Ich war nicht mehr Marcel Féron, Radiohändler in einem Neubauviertel von Fumay an der Maas, sondern ein Mensch unter den Millionen, die höhere Mächte nach Lust und Laune durcheinanderschütteln würden.

Ich war nicht mehr mit meinem Haus, meinen Gewohnheiten verwachsen. Es war, als hätte ich von einem Augenblick zum anderen einen Sprung in den Weltraum getan.

Entscheidungen und Beschlüsse waren nun nicht mehr meine Sache. Und anstelle meines eigenen Pulsschlags spürte ich jetzt so etwas wie einen allgemeinen Pulsschlag. Ich lebte nicht mehr nach meinem eigenen Rhythmus, sondern nach dem des Radios, der Straße, der ganzen Stadt, die heute rascher als sonst erwachte.

Wir frühstückten wie immer in der Küche, schweigend und auf die Geräusche von draußen lauschend, aber wir ließen uns vor Sophie möglichst nichts anmerken. Doch unsere Tochter schien von sich aus keine Fragen stellen zu wollen, sondern beobachtete uns nur stumm.

»Trink deine Milch.«

»Wird es dort auch Milch geben?«

»Wo dort?«

»Da, wo wir hinfahren ...«

Meiner Frau liefen Tränen über die Wangen, sie wandte den Kopf ab, während ich ohne innere Bewegung die vertrauten Wände betrachtete, die Möbel, die wir vor fünf Jahren, vor unserer Hochzeit, Stück für Stück ausgesucht hatten.

»Geh spielen, Sophie.«

Als wir allein waren, sagte meine Frau:

»Ich glaube, ich sollte bei meinem Vater vorbeischauen.«

»Wozu?«

»Um zu hören, was sie vorhaben.«

Sie hatte noch ihren Vater und ihre Mutter, dazu drei Schwestern, alle drei verheiratet, zwei davon hier in Fumay, die eine mit einem Konditor in der Rue du Château.

Ich hatte mich wegen meines Schwiegervaters selbständig gemacht, denn er war ehrgeizig, was seine Töchter betraf, und hätte sie keinen einfachen Arbeiter heiraten lassen.

Er hatte mich auch bewogen, das Haus zu kaufen, das ich innerhalb von zwanzig Jahren abzahlen musste. Ich hatte noch fünfzehn Jahre lang monatliche Zahlungen zu leisten, aber in seinen Augen war ich Hausbesitzer, und das ließ ihn beruhigt in die Zukunft blicken.

»Man kann nie wissen, was passiert, Marcel. Du bist zwar geheilt, aber es hat schon Leute gegeben, die einen Rückfall hatten.«

Er selber hatte als Arbeiter in den Schieferbrüchen von Delmotte angefangen und es bis zum Werkführer gebracht. Er besaß auch ein Haus mit Garten.

»Es gibt Kaufverträge, nach denen, wenn der Mann stirbt, die Frau nicht weiterzuzahlen braucht.«

Seltsam, dass ich an jenem Morgen daran dachte, wo doch von jetzt an kein Mensch mehr wusste, was der nächste Tag bringen würde.

Jeanne hatte sich angezogen und ihren Hut aufgesetzt.

»Passt du auf die Kleine auf?«

Sie ging zu ihrem Vater. Es fuhren weiter Autos vorbei, immer zahlreicher, alle nach Süden, und zwei-, dreimal glaubte ich Flieger zu hören. Sie warfen keine Bomben ab. Keine Ahnung, ob es Franzosen oder Engländer waren, sie flogen sehr hoch, und die Sonne blendete.

Ich öffnete den Laden, während Sophie im Hof spielte. Es ist kein richtiger Laden, denn das Haus ist nicht als Geschäftshaus gebaut. Die Kunden müssen durch den Hausflur eintreten, und ein gewöhnliches Fenster dient als Auslage. Beim Milchladen, ein paar Häuser weiter, ist es genauso. In den Vorstadtstraßen findet man das häufig, jedenfalls in Nordfrankreich. Es zwingt uns, die Haustür offen zu lassen, und an der Ladentür habe ich eine Klingel angebracht.

Zwei Schiffer kamen ihre Radios abholen. Die Apparate waren noch nicht repariert, aber sie wollten sie trotzdem mitnehmen. Der eine fuhr nach Rethel hinunter, während der andere, ein Flame, um jeden Preis in sein Dorf zurückwollte.

Ich rasierte mich und machte mich fertig, während ich Sophie durchs Fenster beaufsichtigte. Von hier aus überblickte ich alle Gärten auf unserer Straßenseite, die voll von zartem Frühlingsgrün und Blüten waren. Die Leute redeten über die Mäuerchen hinweg miteinander, und nebenan, im gleichen Stockwerk wie dem, wo ich mich gerade befand, hörte ich die Matrays miteinander sprechen, denn die Fenster standen offen.

»Wie willst du denn das alles schleppen?«

»Wir werden es brauchen.«

»Vielleicht werden wir's brauchen, aber wie soll ich all die Koffer zum Bahnhof befördern?«

»Wir müssen eben ein Taxi nehmen.«

»Wenn wir eins bekommen! Wer weiß, ob überhaupt noch Züge verkehren?«

Plötzlich bekam ich Angst. Ich stellte mir die Masse vor, die durch sämtliche Straßen zu unserem kleinen Bahnhof strömte, so wie sich die Autos jetzt scharenweise nach Süden aufmachten. Ja, wir mussten fort! Jetzt hatte ich das Gefühl, dass es nicht mehr eine Frage von Stunden, sondern von Minuten war, und machte mir Vorwürfe, dass ich Jeanne zu ihrem Vater hatte gehen lassen.

Was konnte er ihr schon raten? Was wusste er mehr als ich?

Im Grunde gehörte sie noch immer zu ihrer Familie. Sie hatte mich geheiratet, lebte mit mir, hatte mir ein Kind geschenkt und würde mir bald ein zweites schenken. Sie trug meinen Namen. Trotzdem war sie eine Van Straeten geblieben und lief wegen jeder Lappalie zu ihren Eltern oder einer ihrer Schwestern.

»Da muss ich Berthe um Rat fragen…«

Das war die Frau des Konditors, die Jüngste, die die beste Partie gemacht hatte; das war wohl der Grund, warum sie für Jeanne eine so wichtige Instanz war.

Wenn wir wegwollten, dann war es höchste Zeit; das wusste ich so sicher, wie ich plötzlich nicht mehr daran zweifelte, dass wir Fumay verlassen mussten. Ich besaß kein Auto. Für die Lieferungen genügte mir ein Handwagen.

Ohne Jeannes Rückkehr abzuwarten, stieg ich auf den Dachboden und holte die Handkoffer und einen großen schwarzen Schiffskoffer, in dem wir alte Kleider aufbewahrten, herunter.

»Fahren wir mit dem Zug, Papa?«

Sophie war mir unbemerkt nachgekommen und sah mir jetzt zu.

»Ich denke schon.«

»Du weißt es nicht genau.«

Ich begann nervös zu werden. Ich ärgerte mich über Jeanne, weil sie weggegangen war, und fürchtete ständig, dass sich irgendetwas ereignen könnte – vielleicht noch nicht die Ankunft der deutschen Panzer in der Stadt, aber zum Beispiel ein Luftangriff, der uns voneinander trennen würde.

Von Zeit zu Zeit ging ich in Sophies Zimmer, das ja noch nie benutzt worden war, weil unsere Tochter nicht darin schlafen wollte, und schaute auf die Straße hinaus.

Vor drei Häusern wurden Autos beladen, auch vor dem Haus unserer Nachbarn. Michèle, die kleine Tochter des Lehrers, die mit ihren Löckchen und in ihrem frischen weißen Kleidchen nicht anders aussah, als wenn sie sonntags zur Kirche ging, hielt einen Käfig mit einem Kanarienvogel in der Hand und sah zu, wie ihre Eltern eine Matratze auf dem Wagendach befestigten.

Dabei musste ich wieder an unsere Hühner und den Hahn Nestor denken, an dem Sophie so zärtlich hing. Wir nannten ihn immer ›Sophies Hahn‹. Ich selbst hatte vor drei Jahren einen Winkel hinten im Garten eingegittert und den Hühnerstall in Form eines Häuschens gebaut.

Jeanne wollte nämlich frische Eier für das Kind haben. Natürlich wegen ihres Vaters, der immer Hühner, Kaninchen und Tauben gezüchtet hatte. Er hatte auch Brieftauben. An Sonntagen, an denen Wettflüge stattfanden, saß er stundenlang in seinem Garten und wartete reglos darauf, dass seine Vögel in ihren Taubenschlag zurückkehrten.

Unser Hahn flatterte zwei- bis dreimal in der Woche über die Gartenmauern, und ich musste ihn dann von Haus zu Haus suchen gehen. Manche Nachbarn beschwerten sich über den Schaden, den er in ihrem Garten angerichtet hatte, andere fühlten sich durch sein Krähen gestört.

»Kann ich die Puppe mitnehmen?«

»Ja.«

»Den Puppenwagen auch?«

»Nein, den Wagen nicht, für den ist im Zug kein Platz.«

»Aber wo soll die Puppe schlafen?«

Fast hätte ich ihr gereizt geantwortet, dass die Puppe vergangene Nacht auf den Steinfliesen im Hof verbracht hatte, doch da kam endlich meine Frau zurück.

»Was machst du da?«

»Ich beginne zu packen.«

»Du willst also wegfahren?«

»Ich glaube, es ist gescheiter. Was tun deine Eltern?«

»Sie bleiben hier. Mein Vater hat geschworen, dass er sein Haus nicht verlassen wird, was auch geschehen mag. Ich habe auch bei Berthe reingeschaut. Die reisen in ein paar Minuten ab. Sie müssen sich beeilen, sämtliche Ausfallstraßen sind angeblich verstopft, besonders in Richtung Mézières. In Belgien bombardieren die Stukas im Tiefflug Eisenbahnen und Autos.«

Sie protestierte nicht gegen meinen Entschluss, zeigte sich aber auch wegen ihres Vaters nicht begeistert darüber. Vielleicht wäre sie auch lieber dageblieben?

»Man erzählt in der Stadt, dass die Bauern auf ihren

Karren losziehen und alles mitnehmen, was nicht niet- und nagelfest ist. Das Vieh treiben sie vor sich her. Ich habe von weitem den Bahnhof gesehen. Der Platz ist schwarz von Menschen.«

»Was willst du mitnehmen?«

»Ich weiß nicht. Jedenfalls alles von Sophie. Und etwas zu essen brauchen wir auch, vor allem für Sophie. Wenn du Kondensmilch auftreiben könntest...«

Ich ging in den Lebensmittelladen in der nächsten Straße, und zu meiner Überraschung waren keine anderen Kunden darin. Allerdings hatten die meisten Einwohner schon im Oktober Vorräte angelegt. Der Lebensmittelhändler in seiner weißen Schürze war so ruhig wie immer, und ich schämte mich ein wenig für meine Aufgeregtheit.

»Haben Sie noch Kondensmilch?«

Er wies auf das gefüllte Regal.

»Wie viel möchten Sie haben?«

»Zwölf Büchsen.«

Ich dachte, er würde sich weigern, mir so viel zu verkaufen, aber nein, er bediente mich bereitwillig. Ich kaufte auch ein paar Tafeln Schokolade, Schinken, eine ganze Wurst. Es gab keine Regeln, keine Anhaltspunkte mehr. Niemand konnte sagen, was am nächsten Tag kostbar sein würde und was nicht.

Um elf Uhr waren wir immer noch am Packen, und dann hielt Jeanne uns noch länger auf, weil sie sich immer wieder erbrechen musste. Ich wurde unsicher, ich hatte Mitleid mit ihr. Ich fragte mich, ob ich das Recht hätte, sie in ihrem Zustand ins Unbekannte mitzunehmen. Sie beschwerte sich nicht, sondern ging einfach nur hin und her und stieß mit ihrem dicken Bauch immer wieder an Möbel und Türrahmen an.

»Die Hühner!«, rief sie plötzlich.

Vielleicht hatte sie vage die Hoffnung, dass wir wegen der Hühner bleiben würden, aber ich hatte vor ihr daran gedacht.

»Monsieur Reversé wird sie sicher gern übernehmen. Er hat ja auch welche.«

»Fahren sie nicht weg?«

»Ich laufe schnell rüber und frage.«

Die Reversés wohnten ganz unten an der Straße, direkt am Fluss. Sie hatten zwei Söhne bei der Armee und eine Tochter, die Nonne in einem Kloster in Givet war.

»Wir stehen in der Hand der Vorsehung«, sagte mir der alte Herr. »Wenn sie uns behüten will, wird sie es hier so gut wie anderswo tun.«

Seine Frau saß im Halbdunkel und betete den Rosenkranz herunter. Ich erklärte ihnen, dass ich ihnen meine Hühner und meinen Hahn überlassen wollte.

»Wie kommen die Tiere hierher?«

»Ich gebe Ihnen den Schlüssel.«

»Das ist eine schwere Verantwortung.«

Ich war drauf und dran, die Hühner sofort herzuholen, doch dann dachte ich an die Züge, an die Menschenmenge, die den Bahnhof belagerte, an die Flugzeuge am Himmel. Jetzt war nicht der richtige Augenblick, um dem Federvieh nachzulaufen.

Ich musste ihn regelrecht drängen.

»Wahrscheinlich werden wir ohnehin nichts von dem, was wir hierlassen, wiederfinden…«

Ich trauerte dem allem nicht nach. Es bereitete mir im Gegenteil eine gewisse dumpfe Freude, wie wenn man etwas zerstört, was man mit eigenen Händen geduldig aufgebaut hat.

Jetzt war nur eines wichtig: wegfahren, aus Fumay herauskommen. Mochten außerhalb andere Gefahren lauern, darauf kam es nicht an. Es war eine Flucht, das stimmt, doch soweit es mich betraf, keine Flucht vor den Deutschen, vor den Kugeln oder Bomben, vor dem Tod.

Ich schwöre, nachdem ich gründlich darüber nachgedacht habe, dass dies genau mein Gefühl war. Mir schien, dass diese Abreise, dieser Aufbruch, für die anderen Menschen nicht besonders wichtig war. Für mich, wie gesagt, der Moment, in dem ich meinem Schicksal begegnete, wie eine Verabredung, die ich unbedingt einhalten musste.

Jeanne schniefte, als wir das Haus verließen. Ich schob meinen Handwagen und drehte mich nicht einmal um. Ich hatte das Haus nicht abgeschlossen, was Monsieur Reversé letztlich doch noch dazu bewogen hatte, nach meinen Hühnern zu sehen. Und wenn sie wollten, konnten die Kunden ihre Radioapparate abholen. Ich fand das nur korrekt. Und wenn jemand stehlen wollte – hätte er dann nicht mit Leichtigkeit die Tür aufbrechen können?

Das alles lag jetzt hinter mir. Ich stieß meinen Handkarren auf der Fahrbahn vor mir her. Jeanne ging mit Sophie, die ihre Puppe an die Brust drückte, auf dem Gehsteig.

Mühsam schlängelte ich mich durch das immer dichter werdende Gedränge. Einmal glaubte ich, meine Frau und meine Tochter verloren zu haben, doch dann fand ich sie wieder.

Eine Militärambulanz raste unter mächtigem Sirenengeheul vorbei, und etwas weiter sah ich ein belgisches Auto mit deutlichen Einschusslöchern.

Viele andere Menschen marschierten wie wir, mit Bündeln und Koffern beladen, zum Bahnhof. Eine alte Frau bat mich darum, ihr Bündel auf meinen Karren legen zu dürfen, und half mir dafür schieben.

»Glauben Sie, dass wir noch einen Zug kriegen? Jemand hat mir gesagt, die Strecke wäre unterbrochen.«

»Wo?«

»Bei Dinant. Mein Schwiegersohn ist Streckenarbeiter. Der hat einen Zug mit Verwundeten gesehen.«

In den meisten Blicken war eine gewisse Verstörtheit zu lesen, aber das kam wohl hauptsächlich von der Ungeduld. Alle wollten rasch weg, keiner mochte zu spät kommen. Jeder war überzeugt, dass ein Teil dieser Menschenmasse zurückbleiben und das Nachsehen haben würde.

Schwebten jene, die hierblieben, wirklich in größerer Gefahr? Hinter den Fensterscheiben sah man Gesichter, die die Flüchtenden beobachteten. Mir schienen sie in ihrer Ruhe wie erstarrt.

Ich kannte mich auf dem Areal der Güterabfertigung aus, wo ich manchmal Lieferungen abholte, und machte Jeanne ein Zeichen, mir zu folgen.

Auf den Gleisen standen zwei Züge. Der eine war ein Militärzug, in dem nachlässig gekleidete Soldaten saßen und uns spöttisch anschauten.

In den anderen durfte man noch nicht einsteigen, zumindest nicht jedermann. Gendarmen hielten die Menge zurück. Ich ließ meinen leeren Handwagen irgendwo stehen. Junge Frauen mit Armbinden eilten umher und kümmerten sich um die alten Leute und die Kinder.

Eine von ihnen bemerkte den Bauch meiner Frau und das Kind an ihrer Hand und trat auf uns zu.

»Kommen Sie. Hierher.«

Jeanne zögerte.

»Aber mein Mann …«

»Die Männer werden später untergebracht. In den Güterwagen.«

Es gab keinen Widerspruch, man fügte sich eben. Jeanne, die nicht mehr wusste, wie ihr geschah, drehte sich um und versuchte, mich unter den vielen Köpfen ausfindig zu machen. Ich rief:

»Mademoiselle! Mademoiselle!«

Die junge Frau mit der Armbinde kam zu mir zurück.

»Geben Sie das meiner Frau. Es ist das Essen für die Kleine.«

Es war sogar das ganze Essen, das wir mithatten.

Ich sah sie in einen Wagen erster Klasse einsteigen. Sophie winkte mir – oder sie winkte vielmehr in meine Richtung, denn sie konnte mich unter den vielen hundert Köpfen unmöglich erkennen.

Ich wurde herumgeschubst und tastete in meiner Tasche nach der Ersatzbrille, um mich zu vergewissern, dass sie noch da war. Das war meine ständige Sorge.

»Nicht drängeln!«, rief ein kleiner schnurrbärtiger Herr.

Ein Gendarm wiederholte:

»Nicht drängeln! Der Zug fährt sowieso erst in einer Stunde!«

2

Die jungen Damen mit den Armbinden wurden gar nicht mehr damit fertig, alte Leute, schwangere Frauen, kleine Kinder und Behinderte in die Waggons zu verfrachten, und ich war bestimmt nicht der Einzige, der sich fragte, ob sich darin letztlich nicht doch noch ein Plätzchen für die zugehörigen Männer finden würde. Nicht ohne Galgenhumor stellte ich mir vor, dass meine Frau und meine Tochter abreisen würden, während ich allein zurückblieb.

Schließlich wurde es den Gendarmen zu dumm, die Menge zurückzudrängen, und als sie plötzlich den Weg freigaben, stürzte sich alles auf die fünf, sechs Güterwagen, die am Ende des Zuges angekoppelt waren.

Im letzten Augenblick hatte ich Jeanne einen Handkoffer mit Sophies Sachen und einem Teil der ihren übergeben können. Mir blieb ein schwerer Handkoffer, und in der anderen Hand schleppte ich mühsam den großen schwarzen Reisekoffer, der mir bei jedem Schritt gegen die Wade schlug. Doch ich spürte den Schmerz nicht. Ich dachte überhaupt nichts mehr.

Von hinten gestoßen und gedrängt, schwang ich mich in einen Wagen. Ich versuchte, mir einen Platz möglichst nahe der offenen Schiebetür zu ergattern; als es mir gelungen war, den großen Koffer an die Wand zu bugsieren, mich darauf zu setzen, den Handkoffer auf den Knien, war ich völlig außer Atem.

Anfangs sah ich von den mitreisenden Männern und Frauen nur die untere Hälfte und erst später auch ihre Gesichter. Zunächst konnte ich kein bekanntes entdecken, was mich überraschte, schließlich zählt Fumay nur gerade fünftausend Einwohner. Allerdings waren auch Landwirte aus der Umgebung herbeigeströmt. Ein mir weitgehend unbekanntes dichtbevölkertes kleinbürgerliches Stadtviertel hatte sich schon fast ganz entvölkert.

Jeder suchte sich hastig einen Platz und machte sich bereit, sein Stückchen Lebensraum zu verteidigen. Von ganz hinten rief eine Stimme:

»Es ist voll! Nicht mehr einsteigen lassen, ihr dort vorn!«

Man hörte ein nervöses Lachen, das erste. Es brachte eine gewisse Entspannung. Der Bann war gebrochen. Man begann sich mit seinem Gepäck einzurichten, auf die Flucht einzustimmen.

Die Schiebetüren zu beiden Seiten des Waggons blieben offen, und alle sahen gleichgültig nach draußen, wo weniger Glückliche mit Sack und Pack auf dem Bahnsteig auf die Ankunft eines weiteren Zuges warteten. Das Bahnhofsbuffet und der Kiosk wurden gestürmt, Bier- und Weinflaschen von Hand zu Hand weitergereicht.

»He du ... Ja, du dort mit den roten Haaren ... Könntest du mir nicht einen Liter Weißen mitbringen?«

Einen Augenblick lang überlegte ich nachzusehen, wie Jeanne und Sophie untergebracht waren, und sie bei der

Gelegenheit zu beruhigen, doch dann blieb ich, wo ich war, aus Angst, sonst meinen Platz im Zug zu verlieren.

Wir mussten nicht eine Stunde warten, wie der Gendarm angekündigt hatte, sondern volle zweieinhalb Stunden. Ein paarmal ruckte der Zug an, die Puffer krachten gegeneinander, und wir hielten schon den Atem an und hofften, endlich loszufahren. Es kam aber nur daher, dass man hinten weitere Waggons anhängte.

Die Leute in der Nähe der Türöffnungen informierten die anderen im Inneren des Waggons, die nichts sehen konnten.

»Sie haben mindestens acht Wagen angehängt. Der Zug reicht schon bis zur Mitte der Kurve.«

Es entstand eine Art Zusammengehörigkeitsgefühl unter denen, die bereits einen Platz hatten und ziemlich sicher abreisen würden.

Ein Mann, der auf den Bahnsteig hinuntergestiegen war, zählte die Waggons.

»Achtundzwanzig!«, verkündete er.

Die vielen Menschen, die auf dem Bahnsteig und rund um den Bahnhof zurückblieben, kümmerten uns wenig. Diese neue Flutwelle ging uns nichts an. Wir wären nur lieber schon fort gewesen, ehe sie entstand.

Eine alte Dame im Rollstuhl wurde von einer Pflegerin zu den Wagen erster Klasse hingeschoben. Sie trug ein lila Hütchen mit einem kurzen weißen Gesichtsschleier und weiße Zwirnhandschuhe.

Später sahen wir Tragbahren dieselbe Richtung einschlagen, und ich fragte mich, ob man nicht manche Leute zwingen würde, wieder auszusteigen, denn es war das

Gerücht aufgekommen, dass sie das Krankenhaus räumten.

Ich war durstig. Zwei meiner Nachbarn sprangen auf der Rückseite aus dem Wagen, liefen zum Buffet und kamen jeder mit einer Flasche Bier wieder. Ich wagte nicht, es ihnen nachzutun.

Allmählich gewöhnte ich mich an die Gesichter, die mich umgaben: größtenteils ältere Männer, denn die jüngeren waren in die Armee eingezogen worden, Frauen aus dem Volk und vom Land, ein etwa fünfzehnjähriger Junge mit einem langen, dünnen Hals und hervortretendem Adamsapfel, und ein neun- oder zehnjähriges Mädchen, dessen Zopf mit einem Schnürsenkel zusammengebunden war.

Schließlich entdeckte ich doch zwei Bekannte. Der erste war Fernand Leroy, ein ehemaliger Mitschüler, der jetzt als Verkäufer in der Librairie Hachette arbeitete, direkt neben der Konditorei meiner Schwägerin.

Er winkte mir aus einer Ecke des Waggons zu, wo er eingekeilt war, und ich winkte zurück, obwohl wir seit Jahren nicht mehr miteinander gesprochen hatten.

Der zweite war ein Original von Fumay, ein alter Saufbruder, den jeder Jules nannte und der immer vor den Kinos Prospekte verteilte.

Ich brauchte ziemlich lange, um ganz in meiner Nähe eine dritte Person zu identifizieren, weil sie die meiste Zeit durch einen doppelt so breiten Mann meinen Blicken entzogen wurde. Es handelte sich um eine mollige Dreißigjährige, die bereits an einem Sandwich kaute, eine gewisse Julie, die ein kleines Café in der Nähe des Hafens betrieb.

Sie trug einen blauen Tuchrock, der ihr zu eng war und sich in Querfalten über die Schenkel hinaufschob, und eine weiße Bluse, durch die man ihren Büstenhalter sah, mit großen Schweißflecken unter den Armen.

Sie roch nach Puder und Parfüm, und ihr Lippenstift hinterließ rote Spuren auf dem Brot.

Schließlich fuhr der Militärzug nach Norden ab. Ein paar Minuten später hörte man einen Zug auf demselben Gleis einfahren, und jemand rief:

»Jetzt kommt er wieder zurück!«

Es war aber nicht derselbe, sondern ein belgischer Zug, der noch vollgestopfter war als unserer, ausschließlich mit Zivilisten. Die Leute standen sogar auf den Trittbrettern.

Ein paar von ihnen stürzten sich auf unsere Waggons. Die Gendarmen eilten herbei und brüllten ihre Befehle. Eine Lautsprecherstimme mischte sich ein und verkündete, niemand dürfe seinen Platz verlassen.

Trotzdem gelang es einigen blinden Passagieren, sich von hinten in unseren Zug zu schmuggeln. Unter ihnen war eine dunkelhaarige junge Frau in einem ganz staubigen schwarzen Kleid; sie hatte kein Gepäck bei sich, nicht einmal eine Handtasche.

Sie schlüpfte schüchtern in unseren Waggon, mit blassem, traurigem Gesicht, und keiner richtete das Wort an sie. Ein paar Männer begnügten sich damit, einander zuzuzwinkern, während sie sich möglichst klein in einen Winkel drückte.

Wir konnten die Autos nicht mehr sehen, und ich bin sicher, dass sich niemand von uns noch für sie interessierte. Die Leute an den Türöffnungen blickten nur zu dem noch sichtbaren Teil des Himmels auf, einem noch immer strahlend blauen Himmel, unsicher, ob nicht im nächsten Augenblick ein deutsches Geschwader auftauchen und den Bahnhof bombardieren würde.

Seit der Ankunft des belgischen Zugs kursierte das Gerücht, jenseits der Grenze seien Bahnhöfe bombardiert worden, unter anderem der von Namur.

Ich wollte, ich wäre imstande, die Stimmung, die Atmosphäre in unserem Waggon zu beschreiben. Noch ehe der Zug losfuhr, begannen wir zu einer eigenen kleinen Welt zu werden, die aber irgendwie noch ihrer Gestalt harrte.

Es war, als wartete unsere Gruppe, von allen anderen Menschen abgeschnitten, nur auf ein Signal, einen Pfiff, den Lärm der Räder auf den Schienen, um sich endgültig abzukapseln.

Und als wir schon nicht mehr recht daran glaubten, fuhren wir endlich los.

Wie hätten meine Reisegefährten reagiert, wenn man ihnen verkündet hätte, dass die Strecke unterbrochen und der Zugverkehr eingestellt sei? Wären sie mit Sack und Pack einfach wieder nach Hause gegangen?

Ich selbst hätte vermutlich nicht klein beigegeben, sondern wäre wohl zu Fuß losmarschiert, immer dem Bahndamm entlang. Denn jetzt war es zum Umkehren zu spät. Der Bruch war vollzogen. Der Gedanke, wieder in meine Straße, meine Werkstatt, meinen Garten zurückzugehen, zu meinem täglichen Trott und den mit Namenszetteln bezeichneten Radioapparaten, die darauf warteten, repariert zu werden, war mir unerträglich.

Die Menschenmenge auf dem Bahnsteig begann an uns

vorbeizugleiten. Für mich war es, als hätte sie nie existiert, als hätte die Stadt, in der ich bis auf die vier Jahre im Sanatorium mein ganzes Leben verbracht hatte, ihre Realität verloren.

Ich dachte auch nicht an Jeanne und Sophie in ihrem Wagen erster Klasse, von denen ich mich innerlich Hunderte von Kilometern entfernt fühlte.

Ich fragte mich nicht, wie es ihnen ging, wie sie die Warterei überstanden hatten und ob Jeanne sich wieder übergeben musste.

Ich sorgte mich viel mehr um meine Ersatzbrille. Bei jeder Bewegung meiner Nachbarn griff ich mit der Hand schützend an meine Jackentasche.

Sobald wir aus der Stadt heraus waren, lag links der große Staatsforst von Manise, wo wir so oft den Sonntagnachmittag im Grünen verbracht hatten. Doch nun kam er mir plötzlich fremd vor, vielleicht weil ich ihn vom Zug aus sah. Der Ginster wucherte üppig, und wir fuhren so langsam, dass ich die Bienen von Blüte zu Blüte schwirren sah.

Dann blieb der Zug unvermittelt stehen, und wir blickten einander alle mit derselben Angst in den Augen an. Ein Eisenbahner lief die Strecke entlang. Er schrie etwas, das ich nicht verstand, und dann setzte sich der Zug wieder in Bewegung.

Ich hatte keinen Hunger und vergaß meinen Durst. Ich sah den grünen Wald ganz nahe, manchmal kaum einen Meter von mir entfernt, vorbeiziehen, die wilden Blumen, weiße, blaue, gelbe, deren Namen ich nicht kannte, als sähe ich sie zum ersten Mal. In kleinen Schwaden drang, vor allem in den Kurven, das Parfüm von Julie zu mir herüber, vermischt mit ihrem starken, aber nicht unangenehmen Schweißgeruch.

Mit ihrem Café verhielt es sich wie mit meinem Geschäft: Es war kein ganz echtes Café. Wenn die Gardinen zugezogen waren, konnte man nicht sehen, was drinnen vorging.

Die Theke war ganz klein, ohne Zinkbeschlag, ohne Spüle dahinter. Das Wandregal, auf dem fünf, sechs Flaschen standen, war ein altes Küchenregal.

Ich hatte oft im Vorbeigehen einen Blick hineingeworfen. An der Wand, zwischen einer stillstehenden Kuckucksuhr und dem Aushang über Trunkenheit in der Öffentlichkeit, hing ein Reklamekalender mit einem blonden Mädchen vorne drauf, das dem Betrachter mit einem schäumenden Bier zuprostete. Das Glas hatte die Form eines Champagnerkelchs, wie mir aufgefallen war.

Es spielt keine Rolle, ich weiß. Ich schreibe es nur auf, weil es mir in jenem Moment durch den Kopf ging. Es herrschten noch andere Gerüche in unserem Waggon, der im Übrigen auf seiner letzten Fahrt Vieh befördert hatte und deshalb nach Stallmist roch.

Ein paar der Mitreisenden aßen Wurst oder Pastete. Eine Bauersfrau hatte einen riesigen Käse mitgenommen, von dem sie mit einem Küchenmesser große Stücke abschnitt.

Vorerst wurden nur neugierige Blicke ausgetauscht. Man blieb auf der Hut, und nur die Leute, die aus derselben Straße oder aus demselben Dorf kamen, unterhielten sich, hauptsächlich um einander auf die Orte, die wir passierten, aufmerksam zu machen.

»Schau, der Hof von Dédé! Möchte wissen, ob er hierbleibt, der Dédé. Seine Kühe sind jedenfalls auf der Weide.«

Wir durchfuhren diverse Haltestationen, verlassene kleine Bahnhöfe mit Blumenkästen rings um die Laternenpfosten und bunten Tourismusplakaten an den Wänden.

»Korsika, hast du gesehen? Vielleicht sollten wir nach Korsika gehen!«

Hinter Revin nahm der Zug Fahrt auf. Kurz vor Monthermé sahen wir einen Kalkofen und Arbeiterreihenhäuser.

Bei der Einfahrt in den Bahnhof von Monthermé stieß unsere Lokomotive einen ebenso durchdringenden Pfiff aus wie der vornehmste Expresszug. Doch sie fuhr am Bahnhofsgebäude und den von Soldaten wimmelnden Bahnsteigen vorbei und hielt erst in einem Gewirr von verlassenen Gleisen und Weichenstellanlagen.

Eine Wasserpumpe dicht neben unserem Waggon tropfte träge vor sich hin, und ich bekam wieder Durst. Ein Bauer sprang hinunter und urinierte in der prallen Sonne auf das Nachbargleis, den Blick starr auf die Lokomotive gerichtet. Es war ein komischer Anblick. Man hatte das Bedürfnis zu lachen, und manche Leute rissen Witze. Der alte Jules schlief, eine angebrochene Weinflasche in der Hand, seinen Brotbeutel, in dem weitere Flaschen steckten, auf dem Bauch.

»Da vorn hängen sie die Lokomotive ab!«, verkündete der pinkelnde Mann.

Daraufhin stiegen noch zwei, drei andere aus. Ich traute

mich noch immer nicht. Ich hatte das Gefühl, dass ich mich um jeden Preis an den Zug klammern müsste, dass es für mich ganz besonders wichtig wäre.

Eine Viertelstunde später zog uns eine andere Lokomotive scheinbar denselben Weg zurück, doch vor Monthermé bogen wir in eine Nebenstrecke ein, die längs der Semois in Richtung Belgien führte.

Ich kannte die Strecke von einem Ausflug her, den ich vor unserer Heirat einmal mit Jeanne gemacht hatte. Vielleicht hatte sich an jenem Tag, einem Augustsonntag, unser gemeinsames Schicksal entschieden.

Die Ehe hatte für mich nicht dieselbe Bedeutung wie für andere, gewöhnliche Menschen, ebenso wenig, wie für mich seit jenem Abend, an dem ich meine Mutter nackt und kahlgeschoren nach Hause kommen sah, überhaupt je etwas normal gewesen war.

Im ersten Augenblick hatte mich das Ereignis nicht besonders getroffen. Ich verstand es nicht und versuchte auch nicht, es zu verstehen. Seit vier Jahren gab man dem Krieg an so vielem die Schuld, dass ein Rätsel mehr oder weniger mich nicht aus der Fassung bringen konnte.

Madame Jamais, unsere Hausbesitzerin, war verwitwet und verdiente sich ihr Brot mit Schneidern. Sie versorgte mich zehn Tage lang, bis mein Vater heimkam, den ich gar nicht gleich erkannte. Er war noch in Uniform, doch es war eine andere Uniform als die, in der er in den Krieg gezogen war. Sein Schnurrbart roch nach saurem Wein, und seine Augen glänzten, als hätte er Schnupfen.

Ich kannte ihn ja eigentlich kaum. Das einzige Bild, das wir von ihm besaßen, war das Hochzeitsfoto auf dem Buffet. Ich frage mich noch immer, warum die beiden Eheleute darauf schiefe Gesichter hatten. Findet Sophie etwa auch, dass Jeanne und ich auf unserem Hochzeitsbild schiefe Gesichter haben?

Ich wusste, dass er bei Monsieur Sauveur, dem Getreide- und Kunstdüngerhändler, angestellt war, dessen Büros und Lagerräume unten am Fluss beträchtlich viel Platz einnahmen und durch ein Privatgleis mit dem Güterbahnhof verbunden waren.

Meine Mutter hatte mir auf der Straße Monsieur Sauveur gezeigt, einen kleinen, dicken, sehr blassen Herrn, der damals wohl um die sechzig Jahre alt war. Er ging langsam und vorsichtig, als fürchtete er die kleinste Erschütterung.

»Er ist herzkrank und kann jeden Moment mitten auf der Straße tot umfallen. Bei seinem letzten Anfall ist er knapp mit dem Leben davongekommen, doch nachher musste man einen berühmten Spezialisten aus Paris kommen lassen.«

Ich kleiner Bengel schaute ihm lange nach, um zu sehen, ob dieses Ereignis nicht vielleicht vor meinen Augen stattfinden würde. Ich begriff nicht, wie Monsieur Sauveur unter dem Druck einer solchen Drohung so seelenruhig herumgehen konnte, ohne auch nur ein trauriges Gesicht zu machen.

»Dein Vater ist seine rechte Hand. Er hat mit sechzehn Jahren als Laufbursche bei ihm angefangen, und jetzt hat er Vollmacht.«

Vollmacht worüber? Später erfuhr ich, dass mein Vater tatsächlich zeichnungsberechtigt war und eine so wichtige

Vertrauensstellung einnahm, wie meine Mutter behauptete.

Mein Vater ging wieder ins Büro, und wir gewöhnten uns mit der Zeit daran, zu zweit in unserer Wohnung zu leben. Von meiner Mutter wurde nie wieder ein Wort gesprochen, obwohl das Hochzeitsbild nach wie vor auf dem Buffet stand.

Ich brauchte einige Zeit, um zu begreifen, weshalb die Laune meines Vaters von einem Tag auf den anderen, manchmal von einer Stunde zur anderen, wechselte. Er konnte zärtlich und gefühlvoll sein, mich auf den Schoß nehmen, was mich ein bisschen genierte, und mir mit Tränen in den Augen sagen, dass er nur mich auf der Welt habe und auch nichts anderes brauche, denn ein Sohn, das sei das Wichtigste im Leben …

Ein paar Stunden später schien er über mein Vorhandensein erstaunt, kommandierte mich herum wie eine Dienstmagd, behandelte mich grob und schrie, dass ich nicht mehr taugte als meine Mutter.

Schließlich habe ich mitbekommen, dass er trank. Es hieß, er habe aus Kummer zu trinken begonnen, als er bei seiner Rückkehr erfuhr, was geschehen war.

Das habe ich auch lange geglaubt. Dann dachte ich genauer darüber nach. Ich erinnerte mich an die glänzenden Augen am Tag seiner Heimkehr, an seine fahrigen Bewegungen, den Weingeruch, an die Flaschen, die er sofort im Laden holen ging.

Als er mit Freunden Kriegserinnerungen austauschte, schnappte ich Satzfetzen auf, die in mir den Verdacht weckten, dass er an der Front zu trinken begonnen hatte.

Ich nehme es ihm nicht übel. Ich war ihm nie böse, auch nicht, wenn er mit einer Frau, die er auf der Straße aufgelesen hatte, nach Hause getorkelt kam und mich fluchend in meinem Zimmer einsperrte.

Ich habe es nie leiden können, wenn Madame Jamais mich gehätschelt und als armes Opfer behandelt hat. Ich ging ihr aus dem Weg. Ich war es gewohnt gewesen, selbständig nach der Schule einzukaufen, Essen zu kochen und das Geschirr abzuwaschen.

Eines Abends brachten zwei Männer meinen Vater heim. Sie hatten ihn bewusstlos auf dem Gehsteig gefunden. Ich wollte einen Arzt holen, doch die beiden versicherten, das sei nicht nötig, er müsse nur seinen Rausch ausschlafen. Ich half dabei, ihn auszuziehen und zu Bett zu bringen.

Monsieur Sauveur behielt ihn nur aus Mitleid, das wusste ich auch. Es kam mehrmals vor, dass er sich von seinem Prokuristen beschimpfen ließ, der ihn dann am nächsten Tag weinend um Verzeihung bat.

Wie auch immer. Ich wollte nur andeuten, dass ich nie das Dasein eines gewöhnlichen Kindes geführt habe. Und mit vierzehn kam ich dann ins Sanatorium oberhalb von Saint-Gervais in Savoyen.

Es war meine erste Reise mit der Eisenbahn, und als ich allein im Zug saß, war ich fest überzeugt, dass ich nicht lebend wiederkommen würde. Der Gedanke betrübte mich nicht, und ich begann, die Gelassenheit von Monsieur Sauveur zu verstehen.

Jedenfalls würde ich nie ein Mann wie alle anderen werden. Schon in der Schule war ich aufgrund meiner schlechten Augen von sämtlichen Spielen ausgeschlossen gewesen, und jetzt hatte ich mir obendrein eine Krankheit zugezogen, die als ein Makel, beinahe als Schande betrachtet wurde. Welche Frau würde mich je heiraten wollen?

Vier Jahre habe ich dort oben verbracht, und es war ein wenig so wie jetzt hier im Zug; damit meine ich, Vergangenheit und Zukunft waren unwichtig, und was sich unten im Tal, jenseits des Sanatoriums abspielte, berührte mich nicht.

Als man mich als geheilt entließ und nach Fumay zurückschickte, war ich achtzehn Jahre alt. Ich fand meinen Vater mehr oder weniger unverändert vor, nur sein Gesicht war aufgedunsener, und er hatte einen traurigen, furchtsamen Blick.

Bei unserem Wiedersehen beobachtete er argwöhnisch meine Reaktion, und ich begriff, dass er sich vor mir schämte und mich im Grunde nicht wieder im Haus haben wollte.

Da ich eine sitzende Tätigkeit brauchte, trat ich als Lehrling bei Monsieur Ponchot ein, der den größten Musikalienladen im Ort besaß.

Im Sanatorium hatte ich mir angewöhnt, täglich bis zu zwei Bücher zu verschlingen, und das tat ich auch weiterhin. Jeden Monat, später alle drei Monate, musste ich zur Untersuchung zu einem Spezialisten nach Mézières, dessen tröstlichen Reden ich misstraute.

Ich war 1926 nach Fumay zurückgekommen. Mein Vater ist 1934 an einer Embolie gestorben, während Monsieur Sauveur noch mit beiden Beinen fest im Leben stand. Ich hatte gerade Jeanne kennengelernt, die Verkäuferin im

Handschuhgeschäft Choblet war, zwei Häuser von meinem Arbeitsplatz entfernt.

Ich war sechsundzwanzig und sie zweiundzwanzig. Wir gingen abends in den Straßen spazieren. Wir gingen auch ins Kino, wo ich ihre Hand hielt. Dann bekam ich von ihren Eltern die Erlaubnis, am Sonntagnachmittag mit ihr aufs Land zu fahren.

Ich konnte es kaum glauben. Für mich war sie nicht nur eine Frau, sondern der Inbegriff eines normalen Lebens.

Und bei diesem Ausflug ins Semois-Tal, zu dem ich erst die ausdrückliche Erlaubnis ihres Vaters hatte einholen müssen, erlangte ich die Gewissheit, dass es tatsächlich möglich geworden war – dass Jeanne durchaus einwilligen könnte, mich zu heiraten und eine Familie mit mir zu gründen.

Ich war außer mir vor Dankbarkeit. Ich hätte vor ihr hinknien mögen. Wenn ich so ausführlich davon spreche, dann nur, um zu zeigen, wie wichtig Jeanne in meinem Leben war.

Dennoch dachte ich jetzt in meinem Viehwagen nicht an Jeanne, obwohl sie im achten Monat schwanger war und die Zugfahrt für sie besonders beschwerlich sein musste. Meine Gedanken beschäftigten sich vielmehr mit der Frage, warum man uns auf eine Nebenstrecke abschob, die höchstens in eine noch gefährlichere Gegend führte als die, aus der wir geflüchtet waren.

Als wir auf offener Strecke vor einem Bahnübergang hielten, der die Bezirksstraße durchschnitt, hörte ich jemanden sagen:

»Sie müssen die Hauptstrecken freimachen, um die

Truppenzüge durchzulassen. An der Front braucht man offenbar Verstärkung.«

Der Zug rührte sich nicht vom Fleck. Plötzlich hörte man nur noch Vogelgezwitscher und das Plätschern von Wasser. Ein Mann sprang aus dem Zug, ein zweiter folgte ihm.

»Sagen Sie, Chef, bleiben wir hier lange stehen?«

»Ein, zwei Stunden. Vielleicht auch die ganze Nacht hindurch.«

»Und der Zug wird nicht plötzlich wieder losfahren?«

»Die Lokomotive fährt nach Monthermé zurück. Angeblich schicken sie uns von dort einen Ersatz.«

Ich vergewisserte mich zuerst, dass die Lokomotive tatsächlich abgekoppelt wurde. Als ich sie ganz allein durch Wiesen und Gehölz davonstampfen sah, sprang ich auf den Bahndamm und ging als Erstes zur Quelle, wo ich aus der hohlen Hand trank, wie früher als Kind. Das Wasser schmeckte auch wie früher, nach Gras und meinem eigenen erhitzten Körper.

Aus allen Waggons stiegen Leute aus. Ich begann erst zögernd, dann immer unbefangener am Zug entlangzugehen und ins Innere zu spähen.

»Papa!«

Mein Töchterchen rief und winkte an einem Fenster.

»Wo ist deine Mutter?«

»Hier drinnen.«

Zwei ältere Damen versperrten mir die Sicht und wären um nichts in der Welt etwas zur Seite gerückt. Im Gegenteil. Voller Missbilligung blickten sie auf mein aufgeregtes Töchterchen.

»Mach die Tür auf, Papa. Ich kann nicht. Maman will mit dir sprechen.«

Es war ein altmodischer Wagen. Ich öffnete die Tür und erblickte acht Personen, die einander mit mürrischen Gesichtern eng aneinandergedrängt gegenübersaßen, wie im Wartezimmer beim Zahnarzt. Meine Frau und meine Tochter waren die Einzigen unter sechzig Jahren, ein alter Mann in der gegenüberliegenden Ecke war bestimmt über neunzig.

»Wie geht es dir, Marcel?«

»Und dir?«

»Es geht. Ich hatte nur Sorge, weil ich den ganzen Proviant hier habe. Ein Glück, dass wir halten.«

Sie saß zwischen den ausladenden Hüften ihrer Nachbarinnen eingekeilt und konnte mir nur mit knapper Mühe ein Baguette und die ganze Wurst übergeben.

»Und ihr beide?«

»Du weißt doch, dass wir keinen Knoblauch vertragen.«

»Ist Knoblauch in der Wurst?«

Ich hatte morgens beim Einkaufen nicht darauf geachtet.

»Wie bist du dort hinten untergebracht?«

»Nicht schlecht.«

»Könntest du mir ein bisschen Wasser besorgen? Man hat uns bei der Abfahrt eine Flasche voll gegeben, aber es ist so heiß hier drinnen. Wir haben sie schon ausgetrunken.«

Sie reichte mir eine Flasche, und ich lief zur Quelle, um sie zu füllen. Dort stieß ich auf die junge Frau im schwarzen Kleid, die nach Ankunft des belgischen Zugs von hinten in unseren Wagen geschlüpft war. Sie kniete am Boden und wusch sich das Gesicht.

»Wo haben Sie die Flasche aufgetrieben?«, fragte sie mich.

Ihr Akzent klang fremdartig, aber weder belgisch noch deutsch.

»Meine Frau hat sie von jemandem bekommen.«

Sie fragte nicht weiter, fuhr sich mit ihrem Taschentuch übers Gesicht, während ich die Flasche füllte und zu Jeanne zurückkehrte. Unterwegs stolperte ich über eine leere Bierflasche und ging ein paar Schritte zurück, um sie aufzuheben, wie einen kostbaren Gegenstand. Meine Frau fragte erstaunt:

»Du trinkst Bier?«

»Nein, ich will Wasser hineintun.«

Merkwürdig – wir sprachen wie Fremde miteinander. Nein, nicht wie Fremde, eher wie entfernte Verwandte, die sich längere Zeit nicht gesehen haben und nicht wissen, worüber sie reden sollen. Ob es an der Gegenwart der alten Frauen lag?

»Darf ich aussteigen, Papa?«

»Warum nicht?«

Jeanne wurde unruhig.

»Aber wenn der Zug weiterfährt?«

»Wir haben keine Lokomotive mehr.«

»Wir werden doch nicht hierbleiben?«

In diesem Augenblick hörten wir die erste Detonation – dumpf und in weiter Ferne, dennoch fuhren wir heftig zusammen, und eine der beiden Alten schloss die Augen und bekreuzigte sich, wie bei einem Gewitter.

»Was war das?«

»Ich weiß es nicht.«

»Sieht man Flugzeuge?«

Ich blickte zum Himmel auf, der noch ebenso blau wie am Morgen war, mit zwei vereinzelten, langsam vorüberziehenden golden schimmernden Wölkchen.

»Pass auf, dass sie nicht zu weit wegläuft, Marcel.«

»Ich lasse sie nicht aus den Augen.«

Mit Sophie an der Hand ging ich am Bahndamm entlang, um eine zweite Flasche zu suchen. Ich hatte Glück und fand eine, die sogar noch größer war als die erste.

»Was machst du damit?«

Ich sagte ihr nur die halbe Wahrheit.

»Wir werden uns einen Vorrat anlegen.«

Ich hob gerade eine dritte auf, eine Weinflasche. Wenigstens die wollte ich der Frau im schwarzen Kleid geben.

Ich sah sie von weitem vor unserem Waggon stehen. Ihr staubbedecktes schwarzes Satinkleid, ihre Silhouette, ihr wirres Haar stachen fremdartig von ihrer ganzen Umgebung ab. Sie vertrat sich die Beine, ohne auf die anderen Leute zu achten, und ich bemerkte, dass sie Pumps mit Stilettoabsätzen trug.

»Ist deiner Mutter nicht schlecht geworden?«

»Nein. Aber die Frau neben uns redet die ganze Zeit und sagt, man wird bestimmt den Zug bombardieren. Stimmt das?«

»Nein. Sie hat keine Ahnung.«

»Glaubst du, der Zug wird bombardiert?«

»Nein, bestimmt nicht.«

»Wo werden wir schlafen?«

»Im Zug.«

»Aber es sind keine Betten da.«

Ich ging die Flaschen auswaschen, spülte sie mehrmals gründlich aus, um den Bier- und Weingeschmack zu entfernen, und füllte sie mit kaltem Wasser.

Dann kehrte ich, immer noch mit Sophie, zu meinem Waggon zurück und übergab der jungen Frau in Schwarz eine der Flaschen.

Sie sah überrascht erst mich und dann meine kleine Tochter an, bedankte sich mit einem Nicken und stieg wieder ein, um ihre Flasche in Sicherheit zu bringen.

Außer dem Häuschen des Streckenwärters war die einzige andere menschliche Behausung weit und breit nur ein kleiner Bauernhof, der in einiger Entfernung an einem sanften Hang lag. Eine Frau in blauer Schürze streute den Hühnern Futter, als gäbe es keinen Krieg auf der Welt.

»Ist das dein Platz? Auf dem Fußboden?«

»Ich setze mich auf den Koffer.«

Julie schäkerte mit einem Mann herum, der sie anzüglich musterte. Er hatte ein rotes Gesicht und dichtes graues Haar. Von Zeit zu Zeit brachen beide in ein beschwipstes Gelächter aus, wie man es aus den ländlichen Gartenwirtschaften kennt. Sie trank Wein aus einer Flasche, die der Mann ihr an den Mund hielt. Ihre weiße Bluse, unter der die dicken Brüste bei jedem Lachen wackelten, war voll violetter Weinflecken.

»Gehen wir zu deiner Mutter zurück.«

»Schon?«

Eine neue Unterteilung begann sich abzuzeichnen: Auf der einen Seite der Welt die Reisenden, die in bequemen

Sitzabteilen fuhren, auf der anderen die unsere, die Welt der Vieh- und Güterwagen. Jeanne und Sophie gehörten der einen Welt an, ich dagegen der andern, der ich meine Tochter unbewusst so wenig wie möglich aussetzen wollte.

»Willst du nichts essen?«

Ich hockte mich mit der Wurst in der Hand auf den Bahndamm, vor die offene Waggontür mit den zwei Reihen von starren Gesichtern, deren Blicke zwischen uns hin und her wanderten, weswegen Jeanne und ich uns nicht viel sagen konnten.

»Glaubst du, dass wir bald weiterfahren?«

»Sie müssen die Hauptstrecke für die Militärzüge freihalten. Sobald die durch sind, können wir losfahren. Schau, da kommt die Lokomotive zurück!«

Man hörte und sah sie schon von weitem, wie sie ganz allein mit ihrer dünnen weißen Rauchfahne die Windungen des Tales nachzeichnete.

»Geh schnell auf deinen Platz zurück. Ich habe solche Angst, dass man ihn dir wegnimmt!«

Erleichtert, dass ich mich davonmachen durfte, gab ich Sophie einen Kuss, was ich vor all den Leuten bei Jeanne nicht wagte.

»Sie könnten wenigstens die Tür schließen!«

Fast jeden Sonntag waren Jeanne und ich zu zweit, später mit Sophie zu dritt im Sommer aufs Land hinausgefahren, um irgendwo eine Kleinigkeit zu essen oder im Grünen zu picknicken.

Dennoch fühlte ich mich durch die Gerüche und den Geschmack dieses Tages nicht an unsere Ausflüge erinnert, sondern an meine Kindheit.

Seit Jahren spielte ich sonntags auf einer Waldlichtung mit Sophie und pflückte ihr Blumen, um ihr einen Kranz zu flechten, doch das alles war jetzt verblasst und wirkte seltsam unwirklich.

Warum hatte die Welt heute plötzlich wieder ihren alten Reiz? Sogar das Summen der Wespen klang wie einst, wenn ich mit angehaltenem Atem zusah, wie eine von ihnen hartnäckig um mein Butterbrot herumschwirrte.

Die Gesichter in meinem Waggon begannen mir vertraut zu werden. Es bildete sich ein gewisses Gemeinsamkeitsgefühl zwischen uns heraus. Zum Beispiel zwinkerten wir einander verständnisinnig zu, als wir die Tändelei zwischen Julie und ihrem Rosstäuscher beobachteten.

Ich sage Rosstäuscher, obschon ich keine Ahnung von seinem tatsächlichen Beruf hatte. Er sah einfach wie einer aus, und darum nannte ich ihn im Stillen so.

Die beiden hielten sich um die Taille, und als der Zug sich mit einem Ruck in Bewegung setzte, umklammerte die große Pratze des Mannes Julies Brust.

Die junge Frau in Schwarz, die zwei Meter von mir entfernt an der Wand lehnte, hatte nichts, worauf sie sich setzen konnte. Allerdings hätte sie sich wie die meisten anderen auf den Fußboden hocken können wie diese Runde von vier Männern, die in einem Winkel auf dem Boden Karten spielten wie an einem Wirtshaustisch.

Wir fuhren noch einmal durch Monthermé, und ein Stück dahinter erhaschte ich einen Blick auf die Schleuse von Leverzy, wo ein Dutzend Motorlastkähne auf dem gleißenden Wasser schaukelten. Die Flussschiffer waren nicht auf die Eisenbahn angewiesen, dafür wurden sie von den Schleusen aufgehalten, und ich konnte mir ihre Ungeduld vorstellen.

Der Himmel verfärbte sich rosig. Drei Flugzeuge mit der beruhigenden französischen Trikolore flogen sehr tief über uns. Sie waren so nah, dass man das Gesicht eines der Piloten erkennen konnte, und ich möchte schwören, dass er uns zuwinkte.

Bei unserer Ankunft in Mézières wurde es bereits dunkel. Unser Zug hielt noch vor dem Bahnhof mitten in einem Labyrinth von Gleisen an. Ein Militär, dessen Rang ich nicht erkennen konnte, lief an den Waggons entlang und rief:

»Achtung! Niemand darf seinen Platz verlassen! Aussteigen strengstens verboten.«

Im Übrigen gab es gar keinen Bahnsteig. Etwas später rasten Geschütze auf offenen Güterwagen mit Höchstgeschwindigkeit ganz knapp an uns vorbei. Sie waren kaum verschwunden, als Sirenenalarm ertönte, während dieselbe Stimme kommandierte:

»Jeder bleibt auf seinem Platz. Aussteigen lebensgefährlich. Jeder bleibt …«

Jetzt hörte man das Dröhnen zahlreicher Flugzeuge. Die Stadt war verdunkelt. Auch auf dem Bahnhof brannte kein Licht. Die Menschen suchten wahrscheinlich in den Kellern Schutz.

Ich glaube nicht, dass ich Angst hatte. Ich saß bewegungslos da, den Blick auf die Gesichter vor mir gerichtet, und lauschte dem Motorenlärm, der stärker wurde und sich dann zu entfernen schien.

Tiefe Stille herrschte. Unser Zug stand verlassen in dem

wirren Netz von Gleisen, auf denen hie und da ein paar leere Waggons zu sehen waren. Ich erinnere mich noch an einen Fasswagen, der in riesigen gelben Lettern den Namen einer Weinfirma aus Montpellier trug.

Unwillkürlich warteten wir alle gespannt, ohne zu reden, auf das Signal, welches das Ende des Alarms bedeutete, das jedoch erst eine halbe Stunde später ertönte. Während dieser ganzen Zeit hatte der Rosstäuscher Julies Busen losgelassen. Jetzt umklammerte er ihn wieder mit einer Hand und presste seine Lippen auf ihren Mund.

Eine Bäuerin murrte:

»Eine Schande ist das! Noch dazu vor dem Kind!«

Er antwortete, noch ganz verschmiert von Julies Lippenstift:

»Sie wird's auch noch lernen, die Kleine! Du hast es ja auch gelernt, oder?«

Das war eine Art von Vulgarität, von Grobheit, die ich nicht gewohnt war. Es erinnerte mich an die Flut von Schimpfworten, mit denen meine Mutter die Burschen überschüttet hatte, die lachend hinter ihr herliefen. Unwillkürlich sah ich zu der dunkelhaarigen jungen Frau hin. Doch sie schaute in eine andere Richtung, als hätte sie nichts gehört und spürte meinen Blick nicht.

Ich war noch nie betrunken, aus dem einfachen Grund, weil ich weder Wein noch Bier trinke. Doch bei Einbruch dieser Nacht fühlte ich mich ähnlich, wie ein Mann sich fühlen muss, der einen über den Durst getrunken hat.

Vielleicht kam es von der Sonne, am Nachmittag in dem Tal mit der Quelle – jedenfalls brannten meine Augenlider, meine Wangen glühten, meine Arme und Beine fühlten sich an, als wären sie eingeschlafen, und mein Gehirn war wie leer.

Ich fuhr zusammen, als jemand ein Streichholz anstrich, um auf die Uhr zu schauen, und anschließend halblaut verkündete:

»Halb elf …«

Die Zeit verging rasch und langsam zugleich. Genau gesagt, gab es gar keine Zeit mehr.

Manche Leute schliefen, andere unterhielten sich gedämpft. Ich döste auf dem schwarzen Koffer, den Kopf an die Wand gelehnt, während der Zug weiterhin unbeweglich in der Dunkelheit und Stille verharrte. Später wurde ich mir im Halbschlaf einer rhythmischen Bewegung, ganz in meiner Nähe, bewusst. Erst nach einer Weile begriff ich, dass Julie und ihr Gefährte sich liebten.

Es schockierte mich nicht, obwohl ich vielleicht wegen meiner Krankheit von jeher äußerst schamhaft gewesen bin. Ich folgte dem Rhythmus wie einer Musik, und ich muss gestehen, dass allmählich ein deutliches Bild in meinem Geist entstand und mein ganzer Körper von einer angenehmen Wärme durchflutet wurde.

Ich war gerade wieder am Einschlafen, als Julie jemandem, wahrscheinlich einem andern Nachbarn, zumurmelte:

»Nein, jetzt nicht!«

Viel später, mitten in der Nacht, wurden wir von einer Reihe von Stößen durchgerüttelt, als ob der Zug verschoben würde. Draußen auf dem Bahnsteig eilten Leute hin und her und redeten.

Einer sagte:

»Es ist die einzige Möglichkeit.«

Und ein anderer:

»Befehle nehme ich nur vom Militärkommandanten entgegen.«

Sie gingen weiter, und der Zug setzte sich in Bewegung, um gleich darauf wieder stehen zu bleiben.

Ich kümmerte mich im Weiteren nicht mehr um diese Vorgänge, die ich ja doch nicht verstand. Wir hatten Fumay verlassen, und solange wir nicht wieder zurückfuhren, war mir alles recht.

Es gab wieder Pfiffe, wieder prallten die Waggons aufeinander, der Zug ruckte, und die Lokomotive stieß Dampf aus.

Ich habe keine Ahnung, was sich in dieser Nacht in Mézières und sonst in der Welt ereignete. Ich weiß nur, dass in Holland und Belgien gekämpft wurde, dass Zigtausende von Menschen sich über die Landstraße ergossen, dass am ganzen Himmel Kampfflugzeuge auftauchten und dass die Luftabwehr immer mal wieder auf gut Glück in die Luft schoss.

Wir hörten in einiger Entfernung kurze Feuersalven und daneben das Gerumpel unzähliger Lastwagen, die auf einer nahen Landstraße dahinrollten.

In unserem Waggon war es stockfinster, und die verschiedenen Schnarchtöne schufen ein sonderbares Gefühl von Intimität. Manchmal stöhnte jemand, der unbequem lag oder von einem bösen Traum geplagt wurde, unbewusst im Schlaf auf.

Als ich endgültig die Augen öffnete, fuhr der Zug wieder, und die Hälfte meiner Reisegefährten war wach. Eine weißliche Morgendämmerung erhellte eine Landschaft, die ich nicht kannte: ziemlich hohe, bewaldete Hügel mit weiten Lichtungen, auf denen Bauernhöfe standen.

Julie schlief mit offenem Mund und aufgeknöpfter Bluse. Die junge Frau im schwarzen Kleid saß, mit dem Rücken an die Wand gelehnt, auf dem Boden. Eine Haarsträhne fiel ihr über die Wange. Ich fragte mich, ob sie die ganze Nacht so dagesessen hatte und ob sie hatte schlafen können. Unsere Blicke begegneten sich. Sie lächelte mir zu, wegen der Wasserflasche.

»Wo sind wir?«, fragte einer meiner Nachbarn, der gerade aufwachte.

»Ich weiß nicht«, antwortete einer, der die ganze Zeit in der Türöffnung saß und die Beine hinunterbaumeln ließ. »Wir sind gerade durch einen Bahnhof gekommen, der Lafrancheville hieß.«

Ein weiterer Bahnhof glitt vorbei, menschenleer und mit Blumenkästen geschmückt, wie alle anderen. *Boulzicourt,* las ich auf dem blau-weißen Schild.

Der Zug beschrieb auf einer fast ebenen Strecke eine weitere Kurve. Der Mann mit den aus dem Wagen baumelnden Beinen nahm die Pfeife aus dem Mund und schrie mit komischer Wut:

»Scheiße!«

»Was ist?«

»Die Schweinekerle haben den halben Zug abgekoppelt!«

»Wie? Was?«

Alles stürzte zur Öffnung. Der Mann hielt sich mit beiden Händen fest und protestierte:

»Nicht so drängen! Ihr schubst mich noch hinaus! Ihr

seht ja, dass nur noch fünf Waggons vor uns sind, oder? Was haben sie mit den anderen gemacht, möchte ich wissen! Und wo soll ich jetzt meine Frau mit den Kindern suchen? Scheiße, verdammte Scheiße!«

3

Ich hab's von Anfang an gesagt: Die Lokomotive kann unmöglich so viele Waggons ziehen. Jetzt sind sie selber draufgekommen und haben den Zug geteilt.«

»Sie hätten es uns doch wenigstens vorher sagen können! Was wird jetzt aus den Frauen?«

»Vielleicht erwarten sie uns in Rethel. Oder in Reims.«

»Am Ende sehen wir sie erst wieder, wenn dieser beschissene Krieg vorbei ist – falls das je geschieht!«

Ich versuchte herauszuhören, wie viel aufrichtige Sorge in diesen Klagen und Wutausbrüchen lag und wie viel nur gespielt war. War es nicht zuallererst eine Art Spiel, das die Männer vor sich selber aufführten, weil sie Zeugen hatten?

Ich persönlich war weder aufgeregt noch ernstlich beunruhigt, wenn auch ein bisschen erschrocken, und blieb ruhig sitzen. Plötzlich fühlte ich mich beobachtet.

Ich irrte mich nicht. Die junge Frau in Schwarz wandte mir ihr Gesicht zu. In der Morgendämmerung schien es noch bleicher und müder als am Tag zuvor. Sie versuchte mir mit ihren Blicken ihr Mitgefühl auszudrücken, und gleichzeitig glaubte ich darin eine Frage zu lesen.

Ich übersetzte für mich:

›Wie ertragen Sie diesen Schlag? Tut es sehr weh?‹

Das war mir peinlich. Die Beinahe-Gleichgültigkeit, die ich empfand, wollte ich ihr nicht zeigen, das hätte sie falsch verstanden. Darum machte ich ein angemessen betrübtes Gesicht. Sie hatte mich mit meiner Tochter auf dem Bahndamm gesehen und musste daraus schließen, dass meine Frau gleichfalls im Zug war. In ihren Augen hatte ich die beiden soeben verloren, zwar nur vorübergehend, aber immerhin verloren.

›Nur Mut!‹, sagten mir ihre braunen Augen über die anderen Köpfe hinweg.

Darauf antwortete ich mit dem schiefen Lächeln eines Kranken, den man mit mitleidigen Worten zu trösten versucht und dem es darum nicht weniger schlechtgeht. Wenn wir näher beieinander gesessen hätten, hätte sie mir bestimmt verstohlen die Hand gedrückt.

Ich wollte sie wahrhaftig nicht täuschen, aber über so viele Köpfe hinweg hätte ich ihr meine komplizierten Gefühle unmöglich erklären können.

Später, wenn es sich auf der Reise zufällig ergeben sollte, würde ich ihr sagen, wie es tatsächlich um mich stand.

Was wir heute erlebt hatten, überraschte mich genauso wenig wie tags zuvor die Nachricht vom Angriff auf die Niederlande und die Ardennen. Beides bestärkte mich im Gegenteil in meinem Gefühl, dass es sich dabei auch um eine höchst persönliche Angelegenheit zwischen mir und dem Schicksal handelte. Die Sache zeichnete sich immer genauer ab. Man trennte mich von meiner Familie, was ganz klar einen Schlag gegen meine Person bedeutete.

Es wurde rasch hell. Der Himmel war ebenso klar, ebenso strahlend wie am Vortag, als ich im Garten die

Hühner fütterte, ohne zu wissen, dass es das letzte Mal war.

Der Gedanke an meine Hühner rührte mich. Ich sah den Hahn Nestor mit seinem purpurroten Kamm buchstäblich vor mir, wie er sich mit wütendem Flügelschlagen gegen den alten Monsieur Reversé wehrte, der ihn zwischen den zwei weißgekalkten Mäuerchen zu packen versuchte, die weißen Federn, die durch die Luft flogen, die Schnabelhiebe; dazu Monsieur Matray – falls er doch nicht hatte wegfahren können –, wie er auf seine Kiste stieg, um über das Mäuerchen zu gucken und wie üblich gute Ratschläge zu geben.

Doch gleichzeitig dachte ich auch an die fremde Frau, die Mitgefühl zeigte, obwohl ich nur eine leere Flasche für sie aufgehoben hatte.

Während sie mit angefeuchteten Fingern ihr Haar in Ordnung zu bringen suchte, fragte ich mich, woher sie wohl kam. Ich fand keine Antwort, und im Grunde war es mir auch egal. Schließlich kam ich auf die Idee, ihr meinen Taschenkamm zu reichen. Mein Nachbar zwinkerte mir anzüglich zu.

Er täuschte sich. Ich tat es ohne Hintergedanken.

Der Zug fuhr ziemlich langsam, und wir waren weit von jeder menschlichen Siedlung entfernt, als sich ein gleichmäßiges Summen vernehmen ließ, dessen Herkunft nicht sofort zu bestimmen war; im Anfang war es nur ein leises Vibrieren der Luft.

»Man kann sie sehen!«, rief der Mann mit der Pfeife, dessen Beine ins Leere baumelten. Für einen schwindelfreien Menschen hatte er den besten Platz.

Später erfuhr ich, dass er Stahlgerüstmonteur war.

Als ich mich vorbeugte, erblickte ich sie auch, denn ich war nicht weit von der Öffnung. Der Mann zählte:

»... Neun ... zehn ... elf ... zwölf ... Es sind zwölf ... Offenbar das, was sie ein Geschwader nennen ... In einer anderen Jahreszeit und wenn der Lärm nicht wäre, könnte man sie für Störche halten ...«

Ich zählte nur elf, hoch oben am Himmel. Infolge irgendeines Lichteffekts leuchteten sie strahlend weiß. Sie bildeten ein exaktes V.

»Was macht denn der da?«

Wir starrten dicht aneinandergedrängt zum Himmel empor, und ich spürte, wie die Frau in Schwarz mir – womöglich unbewusst – die Hand auf die Schulter legte.

Das letzte Flugzeug des einen V-Schenkels hatte sich plötzlich von den anderen gelöst und stieß senkrecht herab, weswegen wir zuerst dachten, es sei abgestürzt. Es kreiste, mit unheimlicher Geschwindigkeit größer werdend, in weiten Spiralen abwärts, während die anderen, anstatt ihren Flug zum Horizont fortzusetzen, einen großen Kreis bildeten.

Dann ging alles so schnell, dass wir gar keine Zeit hatten, richtig Angst zu bekommen. Das Flugzeug im Sturzflug war aus unserem Blickfeld verschwunden, doch wir hörten weiterhin sein drohendes Brummen.

Es flog ein erstes Mal der Länge nach über den ganzen Zug, von vorne bis hinten, so tief, dass wir uns unwillkürlich duckten.

Es entfernte sich und nahm Anlauf, um uns ein zweites Mal zu überfliegen, doch diesmal hörten wir über unseren

Köpfen das Knattern der Maschinengewehre und andere Geräusche, wie von berstendem Holz.

Schreie ertönten, bei uns und in anderen Waggons. Der Zug fuhr noch ein kurzes Stück weiter, ruckte und zuckte ein paarmal und blieb dann wie ein verwundetes Tier stehen.

Im ersten Augenblick herrschte vollkommene Stille, Totenstille oder vielmehr atemlose Todesangst, wie ich sie noch nie erlebt hatte.

Trotzdem verfolgte ich weiter das Schauspiel am Himmel. Das Flugzeug stieg pfeilgerade empor. Ich sah die beiden Hakenkreuze auf seinem Bauch, den Kopf des Piloten, der sich nach einem letzten Blick auf uns wieder in das Geschwader, das am Firmament kreiste, einordnete.

»Schwein!«

Ich weiß nicht, aus welcher Brust der Ausruf kam. Er riss uns aus unserer Erstarrung und brachte uns allen Erleichterung.

Das kleine Mädchen weinte. Eine Frau versuchte sich durchzudrängen, während sie in einem fort wiederholte:

»Lassen Sie mich durch ... Lassen Sie mich durch ...«

»Sind Sie verletzt?«

»Mein Mann ...«

»Wo ist er denn, Ihr Mann?«

Wir sahen uns unwillkürlich nach einer zusammengesunkenen Gestalt auf dem Bretterboden um.

»Im nächsten Waggon ... Der den Treffer abbekommen hat ... Ich habe es gehört ...«

Sie ließ sich mit verstörtem Gesicht auf den mit grobem

Schotter bedeckten Bahndamm gleiten. Dann begann sie zu laufen und schrie dabei:

»François! … François! …«

Wir boten alle keinen schönen Anblick und vermieden es, einander anzusehen. Für mich spielte sich alles wie in Zeitlupe ab. Ich erinnere mich auch an etwas wie kleine Inseln der Stille rund um vereinzelte Geräusche, die dadurch nur eindrücklicher wurden.

Ein Mann sprang hinunter, ein zweiter, ein dritter folgten. Ihr erster Reflex bestand darin, sich zu erleichtern, ohne erst ein wenig abseits zu gehen; ja, einer drehte sich nicht einmal um.

Ein Stück weiter erscholl ein langgezogener Klagelaut, eine Art tierisches Geheul.

Julie erhob sich. Die Bluse hing ihr aus dem zerknitterten Rock, und sie rief mit betrunkener Stimme:

»Verdammte Schweinerei!«

Das wiederholte sie zwei- oder dreimal. Vielleicht wiederholte sie es auch noch, als ich ebenfalls hinuntersprang und der Frau in Schwarz beim Aussteigen half.

Ich weiß nicht, warum ich diesen Augenblick wählte, um sie zu fragen:

»Wie heißen Sie?«

Sie schien die Frage weder dumm noch unpassend zu finden, denn sie antwortete prompt:

»Anna.«

Sie erkundigte sich nicht nach meinem Namen. Ich nannte ihn trotzdem.

»Ich bin Marcel. Marcel Féron.«

Ich hätte mich auch gern erleichtert, wie die anderen

Männer. Ich tat es ihretwegen nicht, trotz ständigem Druck auf der Blase.

Unterhalb des Bahndamms lag eine mit Stacheldraht eingezäunte Wiese mit hohem Gras und etwa hundert Meter entfernt ein wie ausgestorben daliegender weißgekalkter Bauernhof. Die Hühner auf dem Misthaufen gackerten aufgeregt, als hätten sie ebenfalls Angst.

Auch die Insassen der anderen Waggons stiegen aus, genauso verstört und unbeholfen wie wir.

Vor einem Waggon weiter vorn standen die Leute dichter gedrängt, mit ernsten Gesichtern.

»Dort ist eine Frau verwundet worden«, berichtete jemand. »Ist hier zufällig ein Arzt?«

Irgendwie kam mir die Frage grotesk vor. Seit wann reisten Ärzte denn in Viehwagen? Und wer von uns sah schon aus wie ein Arzt?

Ganz am Ende des Zuges fuchtelte der Heizer der Lokomotive mit schwarzem Gesicht und schwarzen Händen wie wild mit den Armen. Etwas später erfuhren wir, dass der Lokomotivführer tödlich getroffen worden war – eine Kugel mitten ins Gesicht.

»Sie kommen wieder! Sie kommen wieder!«

Der Schrei erstarb. Alle taten es den Ersten nach, die auf die Idee gekommen waren, sich am Fuß des Bahndamms flach ins Gras zu werfen.

Ich machte es ebenso, und Anna, die mir wie ein herrenloser Hund folgte, ebenfalls.

Die Flieger oben beschrieben erneut einen Kreis, mehr gegen Westen zu, und diesmal entging uns nichts von ihrem Manöver. Wir sahen ein Flugzeug sich senkrecht herabstürzen. In dem Augenblick, in dem es auf dem Erdboden zu zerschellen drohte, stieg es wieder auf. Wir sahen es im Tiefflug am Horizont entlangfegen, ehe es aufs Neue aufstieg und scharf wendete, bevor es seine Salve abfeuerte.

Es war zwei, drei Kilometer von uns entfernt, und sein Ziel war uns durch ein Kiefernwäldchen verborgen – vielleicht ein Dorf oder eine Straße. Und schon stieg es wieder auf, um sich dem Geschwader, das auf es wartete, anzuschließen, worauf sie in nördlicher Richtung davonflogen.

Ich ging wie die anderen den toten Lokomotivführer anschauen. Er lag neben dem offenen Kessel mit dem Unterkörper auf der Plattform der Lokomotive, während Kopf und Schultern ins Leere baumelten. Man sah kein Gesicht mehr, nur noch eine rote und schwarze unförmige Masse, aus der das Blut in großen Tropfen auf die grauen Steine des Bahndamms hinabfiel.

Das war mein erster Kriegstoter. Es war überhaupt fast mein erster Toter, abgesehen von meinem Vater, der aber schon gewaschen und hergerichtet war, als ich nach Hause kam.

Mir war übel, und ich bemühte mich, es mir nicht anmerken zu lassen, weil Anna neben mir stand und in diesem Augenblick so selbstverständlich nach meinem Arm griff wie ein junges Mädchen, das sonntags mit seinem Liebsten spazieren geht.

Ich glaube, sie war weniger erschrocken als ich. Dabei nahm es mich selbst auch weniger mit, als man hätte erwarten können. Im Sanatorium, wo öfter Leute starben, hielt man die anderen Patienten nach Kräften von den Toten fern. Die Schwestern holten einen Sterbenden mit seinem Bett rechtzeitig ab, bisweilen mitten in der Nacht. Trotzdem wussten wir, was das zu bedeuten hatte.

Es gab ein Extrazimmer zum Sterben und ein anderes im Souterrain, wo die Leichen aufgebahrt wurden, bis die Familien sie holen kamen oder bis sie auf dem kleinen Friedhof in der Nähe beerdigt wurden.

Das war eine andere Art von Tod gewesen. Im Sanatorium gab es ringsum keine Sonne, kein Gras, keine Wiesenblumen, keine gackernden Hühner, keine Fliegen, die uns um die Köpfe summten.

»Wir können ihn doch nicht einfach so liegen lassen.«

Die Männer sahen einander an. Zwei, die schon etwas älter waren, traten vor, um dem Heizer zu helfen.

Ich weiß nicht, wo sie den Lokomotivführer hinbrachten. Als ich am Zug entlangging, sah ich die Schrammen von den Streifschüssen, unter denen das blanke Holz hervorschaute, wie wenn man einen Baum fällt.

Eine Frau war verwundet. Es hieß, die ganze Schulter sei zerschmettert.

Sie also war es, die man stöhnen hörte wie eine Gebärende. Sie war ausschließlich von Frauen umgeben, älteren Frauen zumeist. Die Männer drückten sich verlegen und schweigend beiseite.

»Kein schöner Anblick.«

»Und was geschieht jetzt? Warten wir hier, bis sie wiederkommen und uns alle abknallen?«

Ein alter Mann saß auf dem Boden, das Gesicht mit einem blutigen Taschentuch bedeckt. Eine Kugel hatte die Flasche getroffen, die er in der Hand hielt, und Glassplitter hatten ihm die Wangen zerschnitten. Er jammerte nicht. Man sah bloß seine verschreckten Augen.

»Es hat sich jemand gefunden, der sie verbinden wird.«

»Wer?«

»Eine Hebamme aus dem Zug.«

Ich erblickte eine mürrische kleine Alte von stämmigem Körperbau, die Haare auf dem Scheitel zu einem Knoten aufgesteckt. Sie gehörte nicht in unseren Waggon.

Unwillkürlich fanden sich alle wieder gruppenweise vor ihren Waggons zusammen. Vor unserem saß der Mann mit der Pfeife und schimpfte ohne sonderliche Überzeugung weiter. Er war einer der wenigen, die den toten Lokomotivführer nicht besichtigt hatten.

»Worauf warten wir noch, zum Teufel? Gibt's denn keinen Trottel, der imstande ist, die blöde Lokomotive in Gang zu bringen?«

Ich erinnere mich daran, dass ein Mann den Bahndamm heraufkam, der ein totes Huhn an den Beinen hielt und sich hinsetzte, um es zu rupfen. Ich gab mir keine Mühe zu verstehen. Da alles anders zuging als im normalen Leben, wurde alles selbstverständlich.

»Der Heizer sucht einen starken Mann, der den Kessel bedient. Er selber will probieren, den Lokomotivführer zu ersetzen. Er glaubt, dass er es schaffen wird.«

Wider Erwarten meldete sich Julies Rosstäuscher ohne viel Aufhebens freiwillig zu der Arbeit. Es schien ihm Spaß zu machen, so wie einem Zuschauer aus dem Publikum, den ein Zauberkünstler zu sich aufs Podium ruft.

Er legte Jackett, Krawatte und Armbanduhr ab, übergab alles Julie und ging dann nach vorn zur Lokomotive.

Das halbgerupfte Huhn hing an einem Haken unter dem Waggondach. Drei unserer Gefährten kamen schwitzend und keuchend, mit Strohbündeln beladen, herbei.

»Achtung! Platz da!«

Der junge Bursche, der etwa fünfzehn Jahre alt war, schleppte eine Bratpfanne und einen großen Kochtopf aus dem verlassenen Bauernhof herbei.

Vielleicht machten es andere Leute gerade ebenso bei mir zu Hause?

Ich erinnere mich auch an absurde Wortwechsel, die uns unwillkürlich zum Lachen brachten.

»Wenn er den Zug nur nicht die Böschung hinuntersteuert.«

»Wozu sind denn die Gleise da, du Idiot?«

»Aber es gibt auch entgleiste Züge, oder? Sogar in Friedenszeiten! Also? Wer von uns beiden ist jetzt der Idiot?«

Mehrere Männer machten sich an der Lokomotive zu schaffen, und alle blickten überrascht auf, als sie schließlich einen Pfiff ausstieß wie ein ganz gewöhnlicher Zug. Dann fuhren wir langsam, ohne Rucken, im Schritttempo los und gewannen allmählich an Tempo.

Zehn Minuten später passierten wir einen Bahnübergang. Die Landstraße jenseits der Bahnschranken war mit Vieh und Pferdekarren vollgestopft, zwischen denen sich vereinzelte Autos mühsam durchzuwinden versuchten. Zwei, drei Bauern hoben grüßend die Hand. Sie sahen ernster und finsterer drein als wir und beäugten uns neidvoll.

Später fuhren wir eine Zeitlang einer anderen Straße entlang, auf der Militärlastwagen in beide Richtungen rollten. Dazwischen knatterten Motorräder mit offenem Auspuff.

Es wird wohl die Landstraße von Aumagne nach Rethel gewesen sein, aber sicher bin ich mir nicht. Jedenfalls näherten wir uns Rethel, den Signalen und den immer dichter zusammenstehenden Häusern nach zu schließen. Es waren Häuser, wie man sie aus Vororten größerer Städte kennt.

»Kommen Sie aus Belgien?«

Mir fiel nichts Besseres ein, was ich zu Anna, die neben mir auf dem Koffer saß, sonst hätte sagen können.

»Ja, aus Namur. Sie haben mitten in der Nacht beschlossen, uns freizulassen. Ich hätte bis zum Morgen warten müssen, um meine Sachen herauszubekommen, weil niemand den Schlüssel zu dem Raum hatte, wo sie aufbewahrt wurden. Doch ich bin lieber zum Bahnhof gelaufen und in den erstbesten Zug gesprungen.«

Ich nahm ihren Bericht gleichmütig auf; trotzdem muss ich Anna ein wenig erstaunt angeblickt haben, denn sie fügte hinzu:

»Ich war im Frauengefängnis.«

Ich fragte nicht, warum. Es schien mir gewissermaßen normal, dass sie aus dem Gefängnis kam. Es war jedenfalls auch nicht sonderbarer als die Tatsache, dass ich jetzt hier in einem Viehwagen saß, während meine Frau und meine Tochter in einem anderen Zug Gott weiß wohin fuhren, oder dass ein toter Lokomotivführer mit uns reiste und in einem anderen Waggon ein alter Mann, dem ein Maschinengewehr die Weinflasche in der Hand zerschossen hatte. Von jetzt an war alles normal.

»Und Sie sind aus Fumay?«

»Ja.«

»War das Ihre Kleine?«

»Ja. Meine Frau bekommt in einem Monat ein zweites Kind.«

»Sie werden sie sicher in Rethel wiederfinden.«

»Mag sein.«

Die anderen Männer, die gedient hatten und sich besser auskannten als ich, breiteten das herbeigeschleppte Stroh auf dem Fußboden des Waggons aus, damit wir es in der kommenden Nacht bequemer hätten. Es war wie ein großes gemeinsames Bett. Manche streckten sich schon darauf aus. Die Kartenspieler ließen eine Schnapsflasche von Hand zu Hand gehen, die ihren Kreis nicht verließ.

Wir fuhren in Rethel ein, und hier wurde uns plötzlich und zum ersten Mal bewusst, dass wir keine normalen Menschen mehr waren, sondern Flüchtlinge. Ich sage wir, obwohl mir meine Reisegefährten ihre diesbezüglichen Gedanken nicht anvertraut haben. Ich glaube aber, dass wir auch nach dieser kurzen Zeit schon so weit waren, dass wir mehr oder minder alle gleich reagierten.

Man las zum Beispiel auf allen Gesichtern dieselbe Art Müdigkeit, eine Müdigkeit, die etwas ganz anderes war als die Ermüdung nach einer schlaflosen oder durchgearbeiteten Nacht.

Wir waren vielleicht noch nicht bei der vollkommenen Gleichgültigkeit angelangt, aber ein jeder hatte es aufgegeben, sich seine eigenen Gedanken zu machen.

Was hätte man auch denken sollen? Wir wussten gar nichts. Das, was geschah, überstieg unser Fassungsvermögen, und es hatte keinen Zweck, zu grübeln oder zu diskutieren.

So habe ich mir zum Beispiel, ich weiß nicht, wie viele Kilometer lang, den Kopf über das Rätsel mit den Bahnhöfen zerbrochen. Die kleinen Bahnhöfe und Stationen, die wir passierten, waren, wie gesagt, menschenleer; es gab nicht einmal einen Beamten, der bei der Durchfahrt des Zuges mit seiner roten Fahne und seiner Pfeife auftauchte. Die größeren Bahnhöfe hingegen waren überfüllt mit Menschen, und auf den Bahnsteigen hatte man eigens einen Ordnungsdienst einrichten müssen.

Zum Schluss fand ich eine Erklärung, die mir die richtige zu sein schien: Es verkehrten schlicht keine Personenzüge mehr, die in kleineren Orten hielten.

Ähnlich verhielt es sich mit den Straßen. Manche, die völlig verlassen dalagen, waren offenbar aus militärischen Gründen für den Verkehr gesperrt worden.

Übrigens hatte mir an diesem Morgen, als ich neben Anna auf meinem Koffer saß, ein Mann aus Fumay, den ich nicht kannte, erklärt, dass es einen offiziellen Evakuierungsplan für die Stadt gebe und dass er eine diesbezügliche Bekanntmachung auf dem Gemeindeamt gesehen habe.

»Es sind Sonderzüge vorgesehen, die die Flüchtlinge aufs Land bringen sollen, in speziell dafür vorgesehene Dörfer, wo alles für ihre Aufnahme bereit ist.«

Schon möglich. Ich habe die Bekanntmachung nicht gesehen. Ich setzte nur selten einen Fuß ins Gemeindeamt, und als wir zum Bahnhof kamen, meine Frau, Sophie und ich, sind wir einfach nur in den erstbesten Zug gestiegen.

Mein Reisegefährte schien recht zu haben, jedenfalls wurden wir in Rethel von Rotkreuzschwestern, Pfadfindern, einem ganzen Empfangsdienst erwartet. Es standen sogar Tragbahren bereit, als hätte man schon gewusst, was uns zugestoßen war; wenig später hörte ich allerdings, dass unser Zug nicht der erste war, der unterwegs beschossen worden war.

»Was ist mit unseren Frauen? Unseren Kindern?«, begann der Mann mit der Pfeife zu schreien, ehe der Zug noch richtig hielt.

»Woher kommen Sie?«, fragte eine ältere Dame in Weiß, die ganz sicher zur besseren Gesellschaft gehörte.

»Fumay.«

Ich zählte mindestens vier Züge im Bahnhof. In den Wartesälen und hinter der Absperrung drängten sich die Menschen, denn man hatte Sperren errichtet, wie bei einem öffentlichen Umzug. Es wimmelte von Soldaten und Offizieren.

»Wo sind die Verwundeten?«

»Und meine Frau, zum Donnerwetter?«

»Vielleicht war sie in dem Zug, der nach Reims weitergeleitet wurde.«

»Wann?«

Je sanfter die Dame sprach, desto aggressiver und streitsüchtiger gebärdete sich der Mann, als könnte er nur so seine Rechte geltend machen.

»Vor einer Stunde ungefähr.«

»Hätten die nicht auf uns warten können?«

Dabei traten ihm die Tränen in die Augen, denn er machte sich trotz allem Sorgen, und vielleicht hatte er das

Bedürfnis, sich unglücklich zu fühlen. Trotzdem fiel er wenige Minuten später heißhungrig über die Sandwiches her, die in riesigen Körben von jungen Mädchen durch den Zug getragen wurden.

»Wie viele darf man nehmen?«

»So viel Sie essen wollen, aber Sie brauchen nicht zu hamstern. Am nächsten Bahnhof gibt's frische.«

Man brachte uns heißen Kaffee in großen Tassen. Eine Schwester ging am Zug entlang und fragte:

»Keine Verwundeten? Keine Kranken?«

Es gab fertig vorbereitete Flaschen für die Säuglinge, und am Ende des Bahnsteigs wartete ein Krankenwagen. Auf dem Nachbargleis stand abfahrbereit ein Zug mit Flamen. Sie waren schon verpflegt worden und sahen neugierig zu, wie wir unsere Sandwiches verschlangen.

Die Van Straetens sind flämischer Herkunft, aber seit drei Generationen in Fumay ansässig. Sie sprechen zwar nicht mehr Flämisch, doch in den Schieferbrüchen nennt man meinen Schwiegervater immer noch den »Flamen«.

»Einsteigen! Achtung ...«

Bisher hatte man uns in irgendwelchen Bahnhöfen oder auf offener Straße stundenlang warten lassen; hier schob man uns nun so rasch wie möglich ab, als hätte man es eilig, uns loszuwerden.

Auf dem Bahnsteig herrschte ein so dichtes Gedränge, dass ich die Zeitungsschlagzeilen am Kiosk nicht lesen konnte. Ich weiß nur noch, dass es eine besonders fette mit dem Wort »Truppen« gab.

Der Zug setzte sich in Bewegung. Ein junges Mädchen mit Armbinde lief noch ein Stück auf dem Bahnsteig mit, um ihre letzten Schokoladetafeln zu verteilen. Sie schleuderte eine Handvoll in unsere Richtung, und es gelang mir, eine für Anna zu erhaschen.

Wir sollten den gleichen Empfangsdienst in Reims und weiter südlich vorfinden. Der Rosstäuscher hatte wieder seinen Platz bei uns eingenommen, nachdem man ihm gestattet hatte, sich in der Bahnhofstoilette zu waschen. Jetzt galt er als Held. Ich hörte, wie Julie ihn Jef nannte. In der Hand hielt er eine Flasche Cointreau, die er am Bahnhofsbuffet gekauft hatte, zusammen mit zwei Orangen, deren Duft den Waggon durchzog.

Es war gegen Ende des Nachmittags, zwischen Rethel und Reims, denn wir fuhren nicht schnell, als eine Bäuerin aufstand und zwischen den Zähnen brummte:

»Alles, was recht ist! Ich mach mich doch nicht krank!«

Sie näherte sich der Türöffnung, stellte eine Pappschachtel auf den Boden, hockte sich hin und verrichtete ihre Notdurft, während sie weiter vor sich hin grummelte.

Auch das war ein Signal. Die Konventionen verloren ihre Macht, zumindest jene, die tags zuvor noch gegolten hatten. Heute protestierte niemand, als der Rosstäuscher mit dem Kopf auf Julies prallem Bauch schlummerte.

»Haben Sie vielleicht eine Zigarette?«, fragte mich Anna.

»Ich bin Nichtraucher.«

Man hatte es mir im Sanatorium untersagt, und danach verspürte ich nie Lust auf Zigaretten. Mein Nachbar reichte ihr eine. Ich hatte auch keine Streichhölzer bei mir und sah sie, wegen des Strohs, nur ungern rauchen, obwohl viele Leute es die ganze Zeit taten. Vielleicht war ich auch nur irgendwie eifersüchtig oder missgünstig, was ich mir allerdings nicht erklären kann.

Wir hielten lange in einem Vorort von Reims mit Ausblick auf die grauen Rückseiten von Mietshäusern. Im Bahnhof verkündete man, dass unser Zug eine halbe Stunde Aufenthalt habe.

Alles stürzte zur Bahnhofswirtschaft, zu den Toiletten und zum Informationsdienst, wo aber niemand etwas von einem Zug mit Frauen, Kindern und Kranken aus Fumay gehört hatte.

Züge mit Truppen, Munition, Flüchtlingen fuhren unaufhörlich in alle Richtungen, und ich verstehe noch heute nicht, wieso es nicht zu mehr Unfällen kam.

»Vielleicht hat Ihre Frau Ihnen eine Nachricht hinterlassen?«, meinte Anna.

»Wo?«

»Fragen Sie doch die Damen!«

Sie wies auf die Schwestern und die jungen Frauen vom Empfangsdienst.

»Wie war der Name?«

Die Älteste zog ein Notizbuch aus der Tasche, in das Namen von verschiedener, oft recht unbeholfener Hand eingetragen waren.

»Féron? Nein. Ist sie Belgierin?«

»Sie ist aus Fumay und hat ein vierjähriges Mädchen bei sich. Die Kleine trägt eine blau angezogene Puppe im Arm.«

Ich war sicher, dass Sophie ihre Puppe nicht losgelassen hatte.

»Sie ist schwanger«, brachte ich stockend hervor. »Im achten Monat.«

»Fragen Sie doch auf der Krankenstation nach. Falls ihr vielleicht nicht gut ist…«

Es war ein Büroraum, den man in ein behelfsmäßiges Krankenzimmer umgewandelt hatte. Es roch stark nach Desinfektionsmitteln. Nein! Sie hatten zwar ein paar schwangere Frauen aufgenommen, und eine davon war schleunigst zur Entbindung ins Städtische Krankenhaus gebracht worden, aber sie hieß nicht Féron und hatte ihre Mutter bei sich.

»Machen Sie sich Sorgen?«

»Nicht wirklich.«

Ich war von vornherein sicher gewesen, dass Jeanne mir keine Nachricht zurückgelassen hatte. Das lag nicht in ihrer Natur. Es wäre ihr niemals in den Sinn gekommen, eine dieser vornehmen Damen zu belästigen, ihren Namen in ein Notizbuch zu schreiben, sich überhaupt bemerkbar zu machen.

»Warum greifen Sie ständig nach Ihrer linken Tasche?«

»Wegen meiner Ersatzbrille. Ich habe Angst, sie zu verlieren oder zu zerbrechen.«

Es gab wieder Sandwiches und für jede Person eine Orange, dazu heißen Kaffee mit Zucker, so viel man wollte. Manche steckten noch Zuckerwürfel in ihre Taschen.

Ich erblickte in einem Winkel einen Stoß Kopfkissen und fragte, ob ich mir zwei ausleihen könnte. Niemand wusste Bescheid, es hieß, die verantwortliche Person würde erst in einer Stunde wiederkommen.

Da ergriff ich etwas linkisch zwei Kissen. Als ich damit in den Waggon stieg, liefen meine Reisegefährten und holten sich die anderen.

Rückblickend wundert es mich, dass Anna und ich während dieses langen Tages fast kein Wort miteinander wechselten. Wie in stillschweigendem Einverständnis blieben wir beieinander. Sogar als wir uns in Reims trennten, um die Toilette aufzusuchen, jeder nach seiner Seite, fand ich sie nachher wartend vor der Tür der Herrentoilette.

»Ich habe ein Stück Seife gekauft«, verkündete sie mit kindlicher Freude.

Sie roch nach frischer Toilettenseife, und ihr frischgekämmtes Haar war noch feucht.

Ich hätte an einer Hand abzählen können, wie oft ich vor dieser Reise mit der Eisenbahn gefahren war. Das erste Mal, als ich vierzehn war, hatte man mir eine Karte in die Tasche gesteckt, mit meinem Namen, meinem Reiseziel Saint-Gervais und der Bemerkung:

Notfalls bitte wenden an: Madame Jacques Delmotte, Fumay, Ardennen.

Als ich vier Jahre danach heimkehrte, brauchte ich keinen solchen Zettel mehr.

Später fuhr ich nie weiter als bis Mézières, um den Spezialisten aufzusuchen und mich durchleuchten zu lassen.

Madame Delmotte war meine Wohltäterin, wie die Leute es nannten, und ich habe den Ausdruck schließlich übernommen. Ich weiß nicht mehr, welche Umstände sie bewogen hatten, sich meiner anzunehmen. Es war kurz nach Ende des Ersten Weltkriegs, und ich war noch nicht elf Jahre alt.

Wahrscheinlich hatte man ihr von der Flucht meiner Mutter, der unsteten Lebensweise meines Vaters erzählt und dass ich sozusagen ohne elterliche Führung aufwuchs.

Damals ging ich nach der Schule ins Tagesheim, und eines Sonntags verkündete mir unser Kaplan, Pater Dubois, dass ich am kommenden Donnerstag bei einer Dame eingeladen wäre.

Der Name Delmotte war mir wie allen in Fumay ein Begriff, die Familie ist Eigentümerin der wichtigsten Schieferbrüche und deshalb jeder im Ort direkt oder indirekt von ihr abhängig. Darum nannte ich diese Delmottes innerlich nur die »Chef-Delmottes«.

Madame Jacques Delmotte, die damals um die fünfzig sein mochte, war dagegen die »Wohltätigkeits-Delmotte«.

Sie waren sämtlich verschwistert, verschwägert, versippt. Ihr Vermögen hatte einen gemeinsamen Ursprung, aber sie bildeten zwei ganz unterschiedliche Clans.

Ob Madame Delmotte, wie behauptet wurde, sich der Hartherzigkeit ihrer Schwiegerfamilie schämte? Sie war frühzeitig verwitwet und hatte dafür gesorgt, dass ihr einziger Sohn Arzt wurde. Er war an der Front gefallen.

Seither lebte sie mit zwei Dienstmädchen in einem großen steinernen Haus und verbrachte die Nachmittage auf der Veranda, wo sie in einem schwarzen Kleid mit weißem Spitzenkragen für die Leute im Altersheim strickte. Zierlich und rosig saß sie da und verströmte einen modrigsüßlichen Duft.

Auf dieser Veranda nun durfte ich Kakao trinken und Gebäck essen, während sie mich nach der Schule, meinen Kameraden, was ich einmal werden wollte und ähnlichen Dingen ausfragte. Ohne meinen Vater und meine Mutter zu erwähnen, fragte sie, ob es mir Freude machen würde, bei der Messe zu ministrieren. So war ich zwei Jahre lang Chorknabe.

Sie lud mich fast jeden Donnerstag ein. Manchmal kamen noch ein anderer Junge oder ein Mädchen dazu. Es gab ausnahmslos zwei Sorten hausgemachten Gebäcks: Das eine war hellgelb und schmeckte nach Zitrone, das andere dunkelbraun mit Gewürzen und Mandeln.

Ich erinnere mich noch an den Geruch der Veranda und an die Wärme, die dort im Winter herrschte und mir anders – feiner und dichter – vorkam als in anderen Häusern.

Madame Delmotte kam mich besuchen, als ich eine Krankheit bekam, die man zuerst für eine trockene Brustfellentzündung hielt. Und sie war es auch, die mich in ihrem Wagen, mit dem Chauffeur Désiré, zu einem Spezialisten nach Mézières brachte.

Ihr war es außerdem zu verdanken, dass ich drei Wochen später ins Sanatorium kam, wo ich ohne ihre Fürsprache keinen Platz bekommen hätte.

Und auch die Silberschale, die wir zur Hochzeit bekamen und die auf dem Küchenbuffet steht, ist von ihr. Die Schale würde sich in einem Esszimmer besser machen, aber wir haben keins.

Madame Delmotte hat indirekt einen großen Einfluss auf mein Leben gehabt und, noch indirekter, sogar auf meine Flucht aus Fumay.

Ihr selbst blieb eine überstürzte Abreise erspart, denn sie war inzwischen eine alte Dame geworden und befand sich, wie jedes Jahr um diese Jahreszeit, in ihrer Wohnung in Nizza.

Warum musste ich jetzt an sie denken? Denn ich dachte

an sie in meinem Viehwaggon, wo wieder Finsternis herrschte, während ich mich gleichzeitig fragte, ob ich es wagen sollte, die Hand von Anna zu ergreifen, die Schulter an Schulter neben mir saß.

Madame Delmotte hatte einen Chorknaben aus mir gemacht, und Anna kam aus dem Gefängnis. Ich war nicht einmal neugierig zu erfahren, wofür und wie lange sie gesessen hatte.

Plötzlich fiel mir ein, dass sie kein Gepäck und nicht einmal eine Handtasche bei sich hatte, weil man den entlassenen Gefangenen nicht sofort ihre Sachen hatte aushändigen können. Es war also anzunehmen, dass sie kein Geld bei sich trug. Trotzdem hatte sie mir vorhin stolz verkündet, dass sie ein Stückchen Toilettenseife gekauft hätte.

Jef und Julie, die neben mir lagen, küssten sich ausgiebig, und ich roch ihren Speichel.

»Möchten Sie nicht schlafen?«

»Und Sie?«

»Vielleicht könnten wir uns hinlegen?«

»Ja, vielleicht.«

Zwangsweise stießen wir an unsere Nachbarn an, denn man hätte meinen können, es gebe überall nichts als Arme und Beine.

»Liegen Sie gut?«

»Ja.«

»Ist Ihnen nicht kalt?«

»Nein.«

Hinter meinem Rücken wälzte sich der Mann, den ich den Rosstäuscher nannte, allmählich auf seine Gefährtin.

Als sie die Beine spreizte, streifte sie meine Hüften. Sie waren mir so nahe, und meine Aufmerksamkeit war so geschärft, dass ich genau mitbekam, als er in sie eindrang.

Anna bestimmt auch. Ihr Gesicht, ihr Haar, ihre halboffenen Lippen berührten meine Wange, doch sie küsste mich nicht, und ich versuchte nicht, sie zu küssen.

Außer uns waren noch andere wach und mussten Bescheid wissen. Der Zug schüttelte uns alle im gleichen Takt. Nach einer Weile wurde der Räderlärm zu einer Melodie.

Was jetzt folgt, wird manchen vielleicht schockieren, doch ungeschickt und schamhaft, wie ich bin, kann ich es nicht anders als direkt aussprechen.

Es geschah nicht aus Protest gegen irgendwelche Zwänge, ich hatte mein Leben ja schließlich selbst gewählt. Ich verwirklichte geduldig ein Ideal, das mir noch bis zum Vortag, ich wiederhole es in aller Aufrichtigkeit, voll und ganz genügt hatte.

Doch jetzt lag ich hier im Dunkeln, mit der Melodie des Zuges in den Ohren und den vorüberflitzenden roten und grünen Lichtern vor Augen. Ringsum lagen andere Körper im Stroh, und dicht neben mir, zum Greifen nahe, vollzog sich, was Pater Dubois den fleischlichen Akt zu nennen pflegte.

An meinen eigenen Körper drückte sich der angespannte, bebende Körper einer Frau; meine Hand glitt hinab, unter das schwarze Kleid, und schob ihren Schlüpfer die Beine hinab bis zu den Füßen, die ihn mit einer kleinen Verrenkung abstreiften.

Wir küssten uns immer noch nicht. Es war Anna, die

mich an sich zog, mich zu sich rollte. Lautlos wandten wir uns zueinander, wie zwei Schlangen.

Julie begann keuchend zu atmen, und im selben Augenblick half mir Anna, in sie einzudringen – ich war einfach plötzlich in ihr drin.

Ich habe nicht aufgeschrien, wenn auch beinahe. Beinahe auch hätte ich zusammenhanglose Worte gestammelt, meinen Dank, meine Beglückung, oder leise gewimmert, denn dieses Glück war so tief, dass es schmerzte. Der Versuch, das Unmögliche zu vollbringen, schmerzte.

Ich hätte auf einen Schlag meine Liebe zu dieser Frau ausdrücken wollen, die ich am Tag zuvor noch nicht gekannt hatte, die aber ein menschliches Wesen war, die in meinen Augen zum Menschen schlechthin wurde.

Ich tat ihr weh, ohne es zu merken. Meine Finger krallten sich in sie, um sie noch fester zu packen.

»Anna ...«

»Pst!«

»Ich liebe dich.«

»Pst!«

Zum ersten Mal sagte ich »Ich liebe dich« aus meinem tiefsten Innern. Liebte ich etwa nicht sie, sondern das Leben? Ich weiß nicht, wie ich es anders ausdrücken soll: ich *war* in ihrem Leben. Ich hätte stundenlang darin verweilen wollen, niemals etwas anderes denken, wie eine Pflanze im Sonnenlicht baden.

Unsere Münder fanden sich, einer so feucht wie der andere. Ich dachte nicht daran, sie zu fragen, was ich bei meinen schüchternen Abenteuern als junger Mann gefragt hatte:

»Darf ich?«

Ich durfte, weil sie mich nicht wegstieß, sondern mich im Gegenteil noch enger an sich presste.

Unsere Lippen lösten sich schließlich voneinander, im selben Augenblick, als sich unsere Körper entspannten.

»Halt still«, hauchte sie.

Wir konnten einander nicht sehen, und sie streichelte mir sanft die Stirn, zeichnete mit der Hand meine Gesichtszüge nach wie ein Bildhauer.

Dann fragte sie ebenso leise:

»Hat dir das gutgetan?«

Ich hatte mich nicht getäuscht, als ich dachte, ich wäre mit dem Schicksal verabredet.

4

Wie gewöhnlich erwachte ich gegen halb sechs, in der ersten Morgendämmerung. Ein paar Leute, hauptsächlich Bauern, saßen schon aufrecht auf dem Boden. Sie nickten mir zu, um die anderen nicht zu wecken.

Obwohl wir über Nacht eine der Schiebetüren geschlossen hatten, spürte man die starke Abkühlung, die dem Sonnenaufgang vorausgeht. Ich fürchtete, Anna könnte sich erkälten, und breitete meine Jacke über ihre Schultern und ihre Brust.

Ich hatte Anna noch nicht richtig angesehen. Jetzt machte ich mir ihren Schlaf zunutze, um sie genau zu betrachten. Was ich entdeckte, verwirrte mich ein wenig. Bisher hatte ich höchstens meine Frau und meine kleine Tochter schlafend gesehen und wusste, wie sie gegen Morgen aussahen.

Wenn Jeanne nicht schwanger war und kein dicker Bauch ihr zu schaffen machte, wirkte sie im Morgenlicht jünger als bei Tag. Sie sah dann mit ihren geglätteten Zügen wie ein kleines Mädchen aus, unschuldig und zufrieden, fast wie Sophie.

Anna war jünger als meine Frau. Ich schätzte sie auf zweiundzwanzig, höchstens dreiundzwanzig, aber ihr Gesicht war, wie ich da entdeckte, das eines reifen Menschen. Ich hatte auch den Eindruck, dass sie einer anderen Rasse angehörte; nicht nur weil sie aus einem fremden Land kam – ich wusste nicht, aus welchem –, sondern auch, weil sie ein anderes Leben führte, anders fühlte und dachte als die Leute aus Fumay und überhaupt alle, die ich kannte.

Statt sich ganz dem Schlaf zu überlassen und sich zu erholen, schien sie sich vielmehr dagegen zu sträuben. Auf ihrer Stirn stand eine senkrechte Falte, und um ihre Mundwinkel zuckte es bisweilen, als ob sie einen jähen Schmerz verspürte oder ein quälendes Bild vor sich sähe.

Ihr Körper war ganz anders als der von Jeanne: fester, muskulöser, und sie konnte ihn dehnen wie eine Katze.

Ich wusste nicht, wo wir waren. Wiesen, Pappelreihen, grüne Getreidefelder, Reklameschilder glitten vorbei, wir fuhren dicht neben einer fast leeren Landstraße, wo nichts an den Krieg erinnerte.

Ich hatte Wasser in meinen Flaschen, ein Handtuch, Rasierpinsel, und was ich sonst noch brauchte, im Handkoffer. So rasierte ich mich, denn ich genierte mich schon seit dem Vortag wegen der langen rötlichen Stoppeln, die Kinn und Wangen bedeckten.

Als ich mit dem Rasieren fertig war, merkte ich, dass Anna mich reglos beobachtete.

Ich hatte keine Ahnung, wie lange sie schon wach war. Sicher hatte sie, wie ich zuvor, die Gelegenheit wahrgenommen, mich genau zu betrachten. Ich lächelte ihr zu, während ich mir das Gesicht abtrocknete, und sie lächelte zurück, aber irgendwie gezwungen, als wäre sie mit ihren Gedanken weit weg.

Die Falte stand noch immer zwischen ihren Brauen. Sie richtete sich auf einem Ellbogen auf und bemerkte, dass ich sie mit meiner Jacke zugedeckt hatte.

»Warum hast du das getan?«

Wenn nicht sie zuerst gesprochen hätte, wäre ich mir unsicher gewesen, ob ich du oder Sie zu ihr sagen sollte. Ich hatte schon darüber nachgedacht. Doch dank ihr war das Problem gelöst.

»Vor Sonnenaufgang war es ziemlich frisch.«

Sie reagierte auch nicht wie Jeanne. Jeanne hätte sich überschwenglich bedankt und sich übertrieben gerührt gezeigt.

Doch Anna fragte bloß:

»Konntest du schlafen?«

»Ja.«

Sie sprach leise, um die Schlafenden nicht zu stören, hielt es aber nicht für nötig, die Reisegefährten, die schon wach waren und uns betrachteten, mit einem stummen Nicken zu begrüßen, wie ich es getan hatte.

Ich fragte mich, ob es nicht gerade das war, was mir am Tag zuvor, als sie in unseren Waggon schlüpfte, an ihr aufgefallen war. Sie lebte nicht mit den anderen. Sie nahm nicht teil. Sie blieb unter den Menschen allein.

Nach dem, was in der Nacht geschehen war, mag das lächerlich klingen, aber ich meine etwas ganz Bestimmtes. Sie war mir auf dem Bahndamm nachgegangen, obwohl ich sie nicht gerufen hatte. Ich hatte ihr eine leere Flasche geschenkt, ohne etwas dafür zu verlangen. Ich hatte nicht mit ihr gesprochen, ihr keine Frage gestellt.

Sie hatte mein Angebot, sich auf meinen Koffer zu setzen, ohne ein Wort des Dankes angenommen, so wie sie sich auch nicht für die Jacke bedankte. Und als unsere Körper einander nahe kamen, hatte sie sich bereitwillig ausgezogen und meine Bewegungen gesteuert.

»Hast du Durst?«

In der zweiten Flasche war noch Wasser, und ich füllte den Feldbecher, den Jeanne in meinen Koffer gesteckt hatte.

»Wie spät ist es?«

»Zehn nach sechs.«

»Wo sind wir?«

»Ich weiß es nicht.«

Sie fuhr sich mit den Fingern durchs Haar, während sie mich immer noch nachdenklich und aufmerksam betrachtete.

»Du bist so ruhig«, sagte sie schließlich, wie zu sich selber. »Du bleibst immer ruhig. Du hast keine Angst vor dem Leben. Für dich gibt es keine Probleme, nicht wahr?«

»Könnt ihr nicht still sein, ihr beiden?«, brummte die dicke Julie.

Wir lächelten und setzten uns auf den Koffer, um die Landschaft vorbeiziehen zu sehen. Ich griff nach ihrer Hand. Sie überließ sie mir, ein wenig erstaunt, glaube ich, besonders als ich sie an meine Lippen führte und einen Kuss auf ihre Fingerspitzen drückte.

Viel später sahen wir in einem Dorf Leute aus der Kirche kommen. Das erinnerte mich daran, dass Sonntag war, und ich konnte es nicht fassen, dass ich zwei Tage zuvor zur selben Stunde bei uns zu Hause noch überlegt hatte, ob wir aus Fumay weg sollten.

Ich dachte daran, wie ich den Hühnern Mais hingestreut hatte, während mein Kaffeewasser kochte. Ich erinnerte mich an den Kopf von Monsieur Matray, der über der Mauer aufgetaucht war, an meine Frau mit ihrem aufgedunsenen und gleichzeitig abgespannten Gesicht am Fenster, an das besorgte Stimmchen meiner kleinen Tochter.

Ich glaubte, wieder das groteske Palaver im Radio über den unauffindbaren Oberst zu hören. Jetzt, da ich selber in einem Schlamassel steckte, verstand ich es besser.

Wir fuhren erneut sehr langsam. Die Strecke beschrieb eine weite Kurve, so dass wir das auf einer Erhebung gelegene Dörfchen fast gänzlich umfuhren.

Die Kirche und die Häuser waren weder gleich gebaut, noch hatten sie dieselbe Farbe wie bei uns, dennoch schienen die Gläubigen, die aus der Messe kamen, dieselben Gepflogenheiten zu haben.

Männer in schwarzen Anzügen (alles ältere Jahrgänge, denn die Jungen waren an der Front) standen in Gruppen auf dem Kirchplatz zusammen, und man sah ihnen an, dass sie demnächst im Wirtshaus verschwinden würden.

Die alten Frauen dagegen drückten sich den Mauern entlang und eilten nach Hause, während die jungen Mädchen in ihren hellen Kleidern und die ganz jungen Burschen, jeder mit seinem Gebetbuch in der Hand, aufeinander warteten. Die Kinder stoben sofort in alle Richtungen davon.

Anna beobachtete mich immer noch, und ich fragte mich, ob sie mit dem sonntäglichen Kirchgang vertraut war. Vor Sophies Geburt waren Jeanne und ich immer um zehn Uhr zum Hochamt gegangen und anschließend langsam durch die Straßen gebummelt, hatten unterwegs mit Bekannten geplaudert, ehe wir bei ihrer Schwester unseren Sonntagskuchen abholten.

Ich bestand darauf, ihn zu bezahlen, und akzeptierte immer nur einen Rabatt von zwanzig Prozent. Der Kuchen war oft noch warm, und auf dem Heimweg stieg mir der Zuckerduft in die Nase.

Nach Sophies Geburt war Jeanne dann regelmäßig zur Frühmesse um sieben gegangen, während ich zu Hause das Kind hütete; als die Kleine dann laufen konnte, nahm ich sie immer mit in die Zehn-Uhr-Messe, während meine Frau zu Hause das Essen vorbereitete.

Ob wohl heute in Fumay ein Hochamt stattfand? Waren noch genug Kirchgänger da? Hatten die Deutschen die Stadt inzwischen etwa zerbombt oder besetzt?

»Woran denkst du? An deine Frau?«

»Nein.«

Das war ehrlich. Jeanne tauchte nur sporadisch in meinen Gedanken auf. Ähnlich wie der alte Monsieur Matray oder das lockige kleine Lehrersmädchen. Ob es ihnen wohl gelungen war, mit dem Auto durch die verstopften Straßen zu kommen? Hatte Monsieur Reversé auch wirklich unsere Hühner und unseren armen Nestor geholt?

Ich stellte mir diese Frage völlig emotionslos, eher sachlich, fast spielerisch, weil eben alles möglich geworden war, und dazu gehörte auch, dass Fumay eventuell dem Erdboden gleichgemacht und seine ganze Einwohnerschaft erschossen worden war.

Es war ebenso plausibel wie der Tod unseres Lokomotivführers auf seinem Stand oder die unglaubliche Tatsache, dass ich selbst eine mir bis zwei Tage zuvor unbekannte junge Frau, die geradewegs aus dem Gefängnis kam, mitten unter vierzig anderen Personen geliebt hatte.

Unterdessen hatten sich immer mehr Leute mit verschlafenen Gesichtern aufgerichtet, und manche holten Lebensmittel aus ihrem Gepäck hervor. Wir näherten uns einer Stadt. Ich hatte auf den Wegweisern Namen gelesen, die ich nicht kannte. Als ich sah, dass wir in Auxerre waren, musste ich mir erst die Landkarte von Frankreich vergegenwärtigen.

Ich weiß nicht, warum ich mir eingebildet hatte, dass wir über Paris kommen würden. Offenbar waren wir nachts Richtung Troyes abgezweigt, um es zu umfahren.

Unter dem großen Glasdach des Bahnhofs von Auxerre fanden wir nun eine völlig andere Stimmung vor.

Hier erwartete uns noch ein richtiger Vorkriegssonntag, ohne Empfangskomitee, ohne Rotkreuzschwestern, ohne Empfangsdamen mit Armbinde.

Alles in allem warteten höchstens zwanzig Personen auf den grünen Bahnsteigbänken. Die Sonne, die durch die schmutzigen Glasscheiben zu einer Art Lichtstaub gefiltert wurde, verlieh der Stille etwas Unwirkliches.

»Sagen Sie, Chef, wie lange halten wir hier?«

Der Bahnbeamte warf einen Blick auf die Lokomotive und dann auf die Uhr. Ich weiß nicht, warum, denn er antwortete:

»Keine Ahnung.«

»Ist genügend Zeit, in die Bahnhofsgaststätte zu gehen?«

»Vor einer Stunde fahren wir sicher nicht weiter.«

»Wohin bringt man uns überhaupt?«

Er zuckte die Schultern und entfernte sich, um uns zu verstehen zu geben, dass er für diese Frage nicht zuständig war.

Es kann sein, dass wir uns sogar gekränkt fühlten – ich sage mit Bedacht wir –, weil wir hier nicht wie bisher empfangen wurden, weil wir plötzlich auf uns selbst gestellt waren. Jemand sprach aus, was wir alle empfanden:

»Warum gibt's nichts zu essen?«

Als ob wir Anspruch darauf hätten.

Da wir uns wieder in einer zivilisierten Gegend befanden, sagte ich förmlich zu Anna:

»Kommen Sie?«

»Wohin?«

»Eine Kleinigkeit essen.«

Sobald wir alle auf dem Bahnsteig standen, wo wir plötzlich zu viel Platz hatten, war unser erster Reflex, der Länge nach unseren Zug zu inspizieren, und die Entdeckung, dass es nicht mehr derselbe Zug war, war für alle ein Schlag.

Sie hatten nicht nur die Lokomotive ausgewechselt. Hinter dem Tender zählte ich vierzehn belgische Waggons, ganz normale Waggons, so sauber und ordentlich anzusehen wie bei jedem normalen Zug.

Von unseren Vieh- und Güterwagen gab es nur noch drei.

»Die Schufte haben uns noch einmal zweigeteilt!«

Vorne öffneten sich die Waggontüren. Die erste Person, die ausstieg, war ein imposanter, athletisch gebauter katholischer Geistlicher, der mit gebieterischer Miene auf den Bahnhofsvorsteher zuschritt.

Sie redeten miteinander. Der Beamte nickte zustimmend, worauf der Priester zu seinem Wagen zurückkehrte und zunächst einer Nonne mit weißer Haube auf den Bahnsteig hinunterhalf.

Insgesamt waren es vier Nonnen, darunter zwei sehr junge, mit frischen, pausbäckigen Gesichtern, die etwa vierzig alten Männern, alle in den gleichen grauen Tuchanzügen, aussteigen halfen und sie dann in Reih und Glied aufstellten wie Schüler.

Es war ein Altersheim, das verlegt wurde. Später erfuhren wir, dass der Zug, an den man uns, während wir schliefen, angehängt hatte, aus der belgischen Stadt Löwen kam.

Die Männer waren alle sehr alt und mehr oder weniger gebrechlich. Auf ihren Gesichtern, die so ausgeprägte Züge hatten, wie man es auf alten Gemälden sieht, sprossen dichte weiße Bartstoppeln.

Auffällig war auch ihre Fügsamkeit, ihr stumpfer Gesichtsausdruck. Willig ließen sie sich in die Bahnhofsgaststätte zweiter Klasse führen, wo man sie hinsetzte wie in einem Speisesaal, während der Priester halblaut mit dem Geschäftsführer sprach.

Anna sah mich wieder an. Ob sie es wegen des Priesters und der Klosterschwestern tat, weil sie dachte, dass ich zu dieser Welt gehörte? Oder erinnerten sie die aufgereihten Alten an das Gefängnis und einen harten Drill, den sie durchgemacht hatte?

Ich weiß es nicht. Es gab immer wieder Momente, in

denen wir einander prüfende Blicke zuwarfen, um gleich darauf wieder unbeteiligt vor uns hin zu starren.

Am Bahnhofskiosk las ich eine Zeitungsschlagzeile:

Die Forts von Lüttich in deutscher Hand

Darunter stand in kleinerer Schrift:

Fallschirmjäger greifen am Albert-Kanal an

»Was möchten Sie essen? Croissants?«

Sie nickte.

»Milchkaffee?«

»Schwarz. Wenn wir die Zeit haben, möchte ich mich gern vorher ein bisschen frisch machen. Könnten Sie mir Ihren Kamm borgen?«

Da wir glücklich ein Tischchen erobert hatten und alle anderen besetzt waren, wagte ich nicht, ebenfalls aufzustehen und ihr zu folgen, doch sobald sich die Glastür hinter ihr geschlossen hatte, krampfte sich mein Herz zusammen. Ich bekam plötzlich Angst, dass ich sie vielleicht nie wiedersehen würde.

Durchs Fenster erblickte ich einen friedlichen Platz, Taxis, die auf Fahrgäste warteten, ein Hotel für Durchreisende, eine kleine blaugestrichene Café-Terrasse, wo ein Kellner die runden Tischchen abwischte.

Nichts hinderte Anna daran, zu verschwinden.

»Hast du etwas von deiner Frau und deinem Kind gehört?«

Fernand Leroy stand mit einem Bier in der Hand vor

mir und sah mich spöttisch an. Ich bemühte mich, nicht zu erröten, während ich seine Frage verneinte und mir gleichzeitig klarmachte, dass er wusste, was zwischen Anna und mir vorgefallen war.

Ich hatte Leroy noch nie leiden können. Er war der Sohn eines Kavalleriewachtmeisters und hatte in der Schule andauernd mit seinem Vater angegeben.

»Bei der Kavallerie ist ein Wachtmeister viel wichtiger als ein Leutnant und bei anderen Waffengattungen sogar wichtiger als ein Hauptmann.«

Er verstand es, die anderen für seine Untaten büßen zu lassen. Die Lehrer fielen auf seine Unschuldsmiene herein, während er hinter ihrem Rücken Grimassen schnitt.

Später erfuhr ich, dass er zweimal im Abitur durchgefallen war. Sein Vater war gestorben, seine Mutter arbeitete als Kassiererin in einem Kino. Er bekam eine Stelle in der Librairie Hachette und heiratete wenige Jahre später die Tochter eines reichen Unternehmers.

Ob er sie ihres Geldes wegen geheiratet hat? Egal, es geht mich nichts an. Ich fragte ihn ganz ohne Hintergedanken:

»Ist deine Frau auch im Zug?«

»Oh, ich dachte, du wüsstest es. Wir lassen uns scheiden.«

Hätte er mich nicht aufgehalten, wäre ich aufgestanden, um Anna zu suchen. Die Zeit kam mir lang vor. Meine Hände wurden feucht. Ich war angespannt und nervös wie noch nie oder höchstens wie am vergangenen Freitag auf dem Bahnhof von Fumay, als mir angst und bang wurde bei dem Gedanken, dass wir es möglicherweise nicht mehr rechtzeitig fortschafften – nur noch stärker.

Eine Kellnerin tauchte auf, ich bestellte zweimal Kaffee und Croissants, während Leroy wieder sein widerwärtiges Grinsen aufsetzte. Leute wie er waren imstande, mit einem Blick alles zu beschmutzen. Ich begann ihn regelrecht zu hassen.

Erst als er Anna durch die Tür kommen sah, entfernte er sich in Richtung Tresen, während er mir über die Schulter zurief:

»Ich will euch zwei nicht stören.«

Jawohl, uns zwei. Wir waren wieder zu zweit. Meine Augen mussten meine Freude verraten, denn Anna flüsterte, sobald sie mir gegenübersaß:

»Hattest du Angst, ich würde nicht zurückkommen?«

»Ja.«

»Warum?«

»Ich weiß nicht. Ich fühlte mich plötzlich ganz verloren ohne dich. Um ein Haar wäre ich dir nachgelaufen.«

»Ich habe nicht einmal Geld bei mir.«

»Und wenn du Geld gehabt hättest?«

»Wäre ich trotzdem nicht weggelaufen.«

Sie sagte nicht, ob sie meinetwegen blieb, sondern bat mich nur um etwas Kleingeld für die Toilettenfrau.

Die alten Männer aßen schweigend, wie im Altersheim. Man hatte die Tische zu einer langen Tafel zusammengeschoben. An einem Ende saß der Priester, am anderen die älteste Nonne. Es war halb elf Uhr vormittags. Jeder der Alten bekam zu seinem Kaffee ein Stück Käse und ein hartes Ei – wohl weil man nicht wusste, wann sie wieder zu einer Mahlzeit kommen würden.

Manche waren völlig zahnlos und mahlten langsam mit

den Kiefern. Der eine sabberte so stark, dass eine Nonne ihm die Papierserviette wie ein Lätzchen um den Hals gebunden hatte und ihn scharf im Auge behielt. Viele hatten rotentzündete Augen und ganz blaugeäderte Hände.

»Willst du dich nicht auch frisch machen?«

Ich ging mich nicht nur waschen, sondern nahm sogar frische Wäsche aus meinem Handkoffer, um mich umzuziehen. Im Waschraum stieß ich zu meinen Reisegefährten, die sich mit entblößtem Oberkörper wuschen und rasierten und ihr Haar mit Wasser kämmten. Das endlose Handtuch, das über eine Rolle lief, starrte vor Schmutz und stank wie ein nasser Hund.

»Weißt du, wie viele Kerle sie heut Nacht bestiegen haben?«

Mein Atem stockte, als stieße man mir eine Eisenstange in die Brust. Daran merkte ich, dass ich eifersüchtig war.

»Drei außer ihrem Dicken! Ich hab sie gezählt, an Schlaf war sowieso nicht zu denken. Aber jeder musste seine zwanzig Franc blechen, mein Lieber, wie in ihrer Kaschemme. Warst du schon mal dort?«

»Einmal mit meinem Schwager.«

»Wer ist denn dein Schwager?«

»Du hast mit ihm geredet, als du geheiratet hast und als du deine Sprösslinge angemeldet hast. Er ist der Standesbeamte.«

»Ist er auch im Zug?«

»Nein, die dürfen nicht fort. Heißt es jedenfalls! Trotzdem hab ich mit eigenen Augen einen Polizeioffizier auf seinem Motorrad davonfahren sehen, hinter ihm seine Frau.«

Warum hatte ich mich so erschrocken? Es war umso lächerlicher, als ich einen sehr leichten Schlaf habe und Anna praktisch in meinen Armen geschlafen hatte.

Dort an den Waschbecken hörte ich auch, dass es nachts in den Winkeln des Waggons noch andere Begegnungen gegeben hatte. Unter anderem war die Rede von einer sehr fülligen Bäuerin jenseits der fünfzig; zum Schluss habe nach einigen anderen sogar der alte Jules sein Glück bei ihr versucht, und offenbar hatte sie Mühe, sich seiner zu erwehren.

War es nicht sonderbar, dass niemand den leisesten Versuch gemacht hatte, sich Anna zu nähern? Alle hatten sie allein einsteigen sehen und wussten somit, dass sie nicht zu mir gehörte, dass wir nur zufällig zueinandergestoßen waren. In den Augen dieser Männer bestand durchaus kein Grund, warum ich allein Anspruch auf sie haben sollte.

Trotzdem begnügten sie sich damit, sie aus der Ferne zu beobachten. Tatsächlich hatte niemand das Wort an sie gerichtet – das fiel mir jetzt auf. Hatten sie erkannt, dass sie nicht vom selben Schlag war? Argwöhnten sie etwas?

Sie war an unseren Tisch zurückgekommen. Der Bahnhofsvorsteher tauchte zweimal auf, um mit dem Priester zu reden. Solange die Alten ruhig bei Tisch saßen, bestand also keine Gefahr, dass der Zug ohne uns davonfuhr.

»Wissen Sie, wohin wir fahren, Chef?«

Der Mann mit der Pfeife war hinzugetreten, frisch rasiert und die Taschen mit Tabakpäckchen vollgestopft. Er hatte sich einen ganzen Vorrat angelegt.

»Vorläufig lauten meine Anweisungen, Ihren Zug über

Clamecy nach Bourges weiterzuleiten, aber das kann sich von einem Moment zum anderen ändern.«

»Und weiter?«

»In Bourges wird es weitere Anweisungen geben.«

»Darf man aussteigen, wo man will?«

»Möchten Sie denn unterwegs aussteigen?«

»Nein, nein, ich nicht, aber es könnte doch Leute geben, die das wollen.«

»Ich wüsste nicht, wie man sie daran hindern sollte – warum auch?«

»Weiter oben hatten sie uns verboten auszusteigen.«

Der Bahnhofsvorsteher kratzte sich am Kopf und begann sich die Frage ernsthaft zu überlegen.

»Das hängt davon ab, ob Sie als evakuiert oder als Flüchtling gelten.«

»Worin besteht der Unterschied?«

»Hat man Sie gewaltsam zum Abreisen gezwungen? Mit einer ganzen Gruppe?«

»Nein.«

»In dem Fall sind Sie eher Flüchtlinge. Haben Sie Ihre Fahrkarte bezahlt?«

»Es war niemand am Schalter.«

»Nun, im Prinzip …«

Die Geschichte wurde ihm zu kompliziert, er machte eine ausweichende Geste und flüchtete auf Bahnsteig drei, wo gerade ein Zug einfuhr, ein richtiger Zug mit richtigen Reisenden, die wussten, wohin sie fuhren, und ihre Fahrkarte bezahlt hatten.

»Haben Sie gehört, was er gesagt hat?«

Ich nickte.

»Wenn ich nur wüsste, wo ich meine Frau und die Kinder finde! Dort oben hat man uns behandelt wie Soldaten oder Kriegsgefangene: Tu dies oder jenes, Aussteigen streng verboten, der Fraß wird verteilt, vorn die Frauen, hinten die Männer, eingepfercht wie das liebe Vieh! Man hängt die Hälfte des Zuges ab, ohne uns was zu sagen, man trennt uns, man bombardiert uns, kurz, du bist kein Mensch mehr.

Und hier auf einmal völlige Freiheit, jeder tut, was ihm beliebt – ganz nach dem Motto ›Ist *uns* doch egal!‹ …«

Vielleicht würde der Bahnhof von Auxerre am nächsten Tag oder an diesem Abend schon anders aussehen. Meine schönste Erinnerung ist, dass ich mit Anna draußen vor dem Bahnhof herumspaziert bin, da wir Zeit genug hatten. Es tat gut, auf einem richtigen Platz mit richtigen Pflastersteinen zu stehen, unter Menschen, die sich noch nicht vor Luftangriffen fürchteten.

Wir sahen die Leute grüppchenweise aus der Kirche nach Hause schlendern. Wir betraten das kleine blaugestrichene Café, wo ich eine Limonade trank, während Anna nach einem verstohlenen Blick auf mich einen italienischen Wermut bestellte.

Es war seit unserer Abfahrt der erste Bahnhof, den wir von außen sahen: eine große Uhr, ein Mattglasvordach, die dämmerige Schalterhalle in scharfem Kontrast zu dem sonnigen Bahnhofsplatz mit seinen bunt gefleckten Zeitungsständen.

»Woher kommen Sie beide?«

»Aus Fumay.«

»Ich dachte, das wäre ein belgischer Zug.«

»Er hat belgische und französische Waggons.«

»Gestern Abend hatten wir Holländer hier. Die werden anscheinend nach Toulouse geschickt. Und Sie?«

»Keine Ahnung.«

Der Kellner hob den Kopf und sah mich ungläubig an. Ich habe seine Reaktion erst später verstanden.

»Was heißt keine Ahnung? Sie lassen sich auf gut Glück herumschieben? Einfach so?«

Manche Städte waren in den Krieg eingetreten, andere noch nicht. Deshalb hatten wir längs der Strecke stille Dörfer gesehen, wo jeder ruhig seiner gewohnten Tätigkeit nachging, und Orte, die von Truppen- und Waffeneinheiten aller Art überschwemmt waren.

Es hing nicht nur von der Nähe der Front ab. Gab es überhaupt eine Front?

So fanden wir zum Beispiel am Nachmittag in Bourges einen Empfangsdienst wie oben im Norden vor. Der Bahnsteig wimmelte von Familien, die inmitten ihrer Packen und Bündel darauf warteten, weiterzufahren.

Es waren Belgier, und ich begriff nicht, wieso sie vor uns hatten eintreffen können. Offenbar hatte man sie über eine andere Strecke geleitet, die weniger befahren war, aber in der Nähe der Grenze hatten sie Ähnliches durchgemacht wie wir, nur noch schlimmer.

Sie waren von mehreren Flugzeugen beschossen worden. Alle Reisenden, Männer, Frauen und Kinder, hatten den Zug verlassen und in einem Graben Deckung gesucht. Die Deutschen waren ein zweites und ein drittes Mal zurückgekehrt. Sie hatten die Lokomotive außer Betrieb gesetzt und ein Dutzend Menschen getötet oder schwer verletzt.

Hier verbot man uns wieder auszusteigen, damit die Gruppen nicht durcheinandergerieten, aber während man Essen und Getränke an uns verteilte, entspannen sich Gespräche mit den Leuten auf dem Bahnsteig.

Ich hatte in Auxerre zwei Provianttüten gekauft. Trotzdem ließen wir uns hier Sandwiches geben und hoben sie als Notvorrat auf. Wir waren vorsichtiger geworden.

Die Belgier auf dem Bahnsteig waren abgestumpft und niedergeschlagen. Zwei Stunden lang hatten sie über Schotter und Schwellen auf der Bahnstrecke bis zum nächsten Bahnhof marschieren und, was sie an Gepäck nicht schleppen konnten, zurücklassen müssen.

Der Mann mit der Pfeife war wie immer am besten informiert, erstens wegen seiner strategisch günstigen Position in der Waggontüröffnung und zweitens, weil er sich nicht scheute, die Leute auszufragen.

»Sehen Sie die blonde Frau dort in dem blaugetupften Kleid? Die hat ihr totes Kind den ganzen Weg lang auf den Armen getragen … Der nächste Ort war scheinbar ein ganz kleines Dorf. Alle Leute sind zusammengeströmt, und sie hat das Kleine dem Bürgermeister des Dorfes, einem Landwirt, übergeben, um es beerdigen zu lassen.«

Jetzt saß sie mit leerem Blick auf dem braunen, mit Stricken verschnürten Koffer und aß gedankenverloren ein Stück Brot.

»Ein Extrazug hat die Leute abgeholt und die Toten und Verwundeten an einem anderen, größeren Bahnhof ausgeladen, sie wissen nicht, wo. Hier mussten sie dann aussteigen, weil ihre Waggons benötigt wurden, und jetzt warten sie seit acht Uhr früh.«

Auch diese Leute beäugten uns neidvoll, ohne recht zu wissen, wie ihnen geschah. Eine sehr hübsche junge Krankenschwester mit blütenweißer frischgestärkter Schürze gab einem Säugling die Flasche, während dessen Mutter in ihrem Bündel nach frischen Windeln kramte.

Wir bekamen das Eintreffen ihres Zuges nicht mehr mit. Ich weiß also nicht, wann sie wegfuhren und wohin man sie schließlich brachte. Genauso wenig wusste ich allerdings, wo meine eigene Frau und Tochter waren.

Ich fragte herum. Die Dame, die offenbar den Empfangsdienst leitete, erklärte ruhig:

»Machen Sie sich keine Sorgen. Es ist für alles vorgesorgt. Es wird Listen geben.«

»Wo sind diese Listen zu finden?«

»In dem Auffanglager, in das Sie gebracht werden. Sind Sie Belgier?«

»Nein, aus Fumay.«

»Wie kommt es, dass Sie in einem belgischen Zug mitfahren?«

Das bekam ich zigmal zu hören. Es fehlte wenig, und man hätte uns aus unserer bloßen Gegenwart einen Vorwurf gemacht. Unsere drei armseligen Waggons waren infolge Gott weiß welchen Irrtums nicht dort, wo sie hätten sein sollen, und man machte uns beinahe dafür verantwortlich.

»Wohin werden denn die Belgier geschickt?«

»In der Regel in die Départements Gironde und Charente.«

»Und unser Zug – fährt er auch dorthin?«

Genau wie der Bahnhofsvorsteher in Auxerre begnügte sie sich mit einem vagen Schulterzucken.

Anders, als man meinen könnte, dachte ich hin und wieder an Jeanne und Sophie; ohne große Besorgnis, im Gegenteil.

Einen Augenblick lang, als ich von dem bombardierten Zug hörte, von der Mutter, die ihr totes Kind in einem abgelegenen Bahnhof zurücklassen musste, hatte sich mein Herz zusammengekrampft.

Doch dann sagte ich mir, dass das oben im Norden passiert war, dass Jeannes Zug ja dem unseren vorausgefahren war und infolgedessen die gefährliche Zone vor uns durchquert hatte.

Ich liebte meine Frau. Sie war so, wie ich es mir gewünscht, und gab mir genau das, was ich von meiner Lebensgefährtin erhofft hatte. Ich konnte ihr nichts vorwerfen und versuchte es auch nicht; eben darum ärgerte ich mich so sehr über Leroys anzügliches Lächeln.

Jeanne hatte nichts mit dem zu tun, was jetzt geschah, genauso wenig die Zehn-Uhr-Messe, die Konditorei ihrer Schwester oder die reparaturbedürftigen Radioapparate in meiner Werkstatt.

Unwillkürlich sage ich manchmal »wir«, wenn ich von den Insassen unseres Waggons spreche, weil ich weiß, dass wir in gewissen Punkten gleich reagiert haben. Jetzt aber spreche ich nur für mich, wenn ich auch überzeugt bin, dass sich viele in derselben Lage befanden.

Ein Bruch hatte sich vollzogen. Das bedeutete aber keineswegs, dass die Vergangenheit nicht mehr existierte oder dass ich meine Familie nicht mehr liebte und nichts mehr von ihr wissen wollte.

Es war einfach so, dass ich für unbestimmte Zeit wie

auf einem anderen Planeten lebte, wo ganz andere Werte galten als in meinem früheren Dasein.

Ich könnte auch sagen, dass ich in zwei Welten gleichzeitig lebte, dass aber in der unmittelbaren Gegenwart nur die neue zählte, verkörpert durch unseren Waggon mit seinem Stallgeruch, durch die mir zwei Tage zuvor noch unbekannten Gesichter, durch die Provianttüten der jungen Mädchen mit den Armbinden – und durch Anna.

Anna verstand mich, da bin ich mir sicher. Sie versuchte nicht mehr, mich zu trösten, indem sie mir etwa sagte, dass meine Frau und mein Kind außer Gefahr wären und ich sie bald wiederfinden würde.

Ein Satz, den sie am Morgen gesprochen hatte, kam mir wieder in den Sinn:

»Du, du bist so ruhig!«

Sie hielt mich für einen starken Menschen, und vermutlich hatte sie sich mir darum angeschlossen. Bis auf ihre Anspielung auf das Gefängnis in Namur wusste ich zu dem Zeitpunkt überhaupt nichts von ihrem Leben, genauso wenig wie heute. Fest steht, dass sie völlig bindungs- und heimatlos wirkte.

War sie deshalb nicht vielmehr die Stärkere?

Am Bahnhof von Blois, wo wir wieder einen Empfangsdienst vorfanden, fragte sie als Erste:

»Ist hier ein Zug aus Fumay durchgekommen?«

»Fumay? Wo liegt das?«

»In den Ardennen, an der belgischen Grenze.«

»Es kommen so viele Belgier durch!«

Wir sahen jetzt auch auf den Straßen die belgischen Autos, die sich in Zweierkolonnen, Stoßstange an Stoßstange, folgten, so dass sich überall Staus bildeten. Es gab aber auch, allerdings in viel geringerer Zahl, französische Wagen, insbesondere aus den nördlichen Départements.

Die Loire, die ich noch nie gesehen hatte, glitzerte in der Sonne. Wir erblickten zwei oder drei historische Schlösser, die mir von Ansichtskarten her bekannt waren.

»Warst du schon einmal hier?«, fragte ich Anna.

Sie zögerte, ehe sie bejahte, während sie mir gleichzeitig die Fingerspitzen drückte. Erriet sie etwa, dass es mir ein bisschen weh tat, dass es mir lieber gewesen wäre, wenn sie keine Vergangenheit gehabt hätte?

Es war absurd. Aber war nicht alles absurd geworden, und hatte ich mir nicht gerade das gewünscht?

Der Rosstäuscher schlief. Die dicke Julie war betrunken, presste beide Fäuste auf ihren Busen und sah mit einer Miene, als wollte sie sich im nächsten Moment übergeben, zur Türöffnung hin.

Überall im Stroh lagen Flaschen und Proviant herum, und der fünfzehnjährige Junge hatte irgendwo zwei Militärdecken aufgetrieben.

Inzwischen hatte jeder seinen festen Platz, sein Eckchen, das er immer wieder vorfand, wenn man uns irgendwo erlaubt hatte auszusteigen.

Ich hatte den Eindruck, dass wir weniger zahlreich waren als bei der Abfahrt, dass vier oder fünf Personen fehlten; doch da ich sie nicht gezählt hatte, konnte ich nicht ganz sicher sein, abgesehen von dem kleinen Mädchen, das die Nonnen uns entrissen und in ihren Waggon mitgenommen hatten, als ob wir Teufel wären.

Abends in Tours verteilte man Suppe in großen Tassen

an uns, dazu große Portionen Siedfleisch und Brot. Die Dunkelheit kam, und es drängte mich, Anna wieder so nahe zu sein wie in der Nacht zuvor. Man merkte es mir wohl an, denn Anna betrachtete mich mit einer gewissen Rührung.

Den letzten Gerüchten zufolge schickte man uns nach Nantes, wo über unser endgültiges Reiseziel entschieden werden sollte.

Jemand wickelte sich in eine Decke und rief:

»Gute Nacht allerseits!«

Man sah noch ein paar Zigaretten aufglimmen. Ich wartete regungslos, die Augen starr auf die Signallichter gerichtet, die ich bisweilen mit den Sternen verwechselte.

Jef schlief noch immer. Trotzdem hörte man in Julies Nähe verstohlenes Rumoren, bis ihre Stimme jäh die Stille zerriss:

»Nein, Kinder, heute nicht! Heut Nacht will ich mal pennen. Lasst euch das gesagt sein.«

Anna lachte mir ins Ohr, und wir warteten noch eine halbe Stunde.

5

Im Laufe der Nacht starb einer der Alten aus dem Heim, ich weiß nicht, welcher. Er wurde am Morgen früh in Nantes aus dem Zug getragen, sein Gesicht war mit einem Handtuch bedeckt. Der belgische Konsul hatte sich auf dem Bahnsteig eingefunden, und der Priester ging mit ihm ins Büro des Bahnhofsvorstehers, um die Formalitäten zu erledigen.

Hier war das Empfangskomitee größer als anderswo, nicht nur was die Anzahl der diensttuenden Damen betraf, sondern auch weil die Leute hier offenbar über den Bestimmungsort der Flüchtlinge zu entscheiden hatten.

Ich hoffte, endlich das Meer zu sehen, zum ersten Mal in meinem Leben. Ich wusste, dass es noch weit entfernt war, dass wir uns an einer Flussmündung befanden, aber ich erblickte Masten und Schiffsschornsteine, hörte Sirenen, und auf dem Nachbargleis stiegen Matrosen aus, ein ganzer Zug voll. Sie traten auf dem Bahnsteig in Reih und Glied an und verließen ihn im Gleichschritt.

Das Wetter war genauso unglaublich schön wie an den vergangenen Tagen, und wir hatten Zeit, uns frisch zu machen und zu frühstücken, bevor wir weiterfuhren.

Einen Moment lang war ich beunruhigt, weil ich sah, dass ein Bahnbeamter mit einem Herrn diskutierte, der aussah wie einer von der Behörde, und dabei auf unsere drei erbärmlichen Waggons wies, als ginge es darum, sie abzuhängen.

Der Umstand, dass man uns ohne unser Zutun an einen belgischen Zug angehängt hatte, erwies sich offenbar als immer ungünstiger, doch schließlich durften wir trotzdem weiterfahren.

Die größte Überraschung bereitete uns die dicke Julie. Im letzten Moment vor dem Abfahrtssignal erschien sie auf dem Bahnsteig, strahlend und rosig in einem geblümten Sommerkleid, das aussah wie frisch gebügelt.

»Wisst ihr, was Julie getan hat, Jungs, während ihr hier faul im Stroh herumliegt? Sie ist ins Hotel dort drüben gegangen und hat ein heißes Bad genommen, ein richtiges Bad in einer Badewanne, und dann hat sie es noch hingekriegt, sich ein neues Kleid zu kaufen!«

Wir fuhren weiter in Richtung Vendée, und eine Stunde später erhaschte ich von weitem den ersten Blick aufs Meer. Bewegt griff ich nach Annas Hand. Ich hatte das Meer im Kino und auf Farbfotos gesehen, aber so licht, so weit, so ätherisch hatte ich es mir nicht vorgestellt.

Das Wasser hatte dieselbe Farbe wie der Himmel und spiegelte sein Licht wider, so dass die Sonne gleichzeitig oben und unten stand. Von einem Augenblick zum nächsten war alles grenzenlos, oder vielmehr »unendlich«, wie ich plötzlich dachte.

Anna begriff, dass es für mich eine neue Erfahrung war. Sie lächelte. Es war uns beiden leicht ums Herz. Der ganze Waggon war an diesem Tag fröhlich.

Wir wussten nun ungefähr, was uns bevorstand. Der

Konsul war durch die vorderen Waggons gegangen, um seinen Landsleuten Mut zuzusprechen, und der Mann mit der Pfeife, der immer auf Horchposten war, hielt uns auf dem Laufenden.

»Anscheinend kommen die Belgier alle nach La Rochelle. Dort werden sie dann umverteilt. Aber zuerst erwartet sie eine Art Lager, Baracken mit richtigen Betten und allem, was dazugehört.«

»Und wir? Wir sind doch keine Belgier?«

»Das wird sich weisen.«

Wir fuhren langsam, und die Ortsnamen, die vorbeizogen, erinnerten mich an Bücher, die ich gelesen hatte: Pornic, Saint-Jean-de-Monts, Croix-de-Vie …

Wir sahen die Insel Yeu. Im gleißenden Sonnenlicht glich sie einem Wölkchen, das auf der Meeresoberfläche schwebte.

Unser Zug fuhr stundenlang dahin, als ob wir auf einem Schulausflug wären: er bog in Seitenlinien ein, hielt auf offener Strecke, fuhr dann wieder ein Stück zurück.

Jetzt wagten wir es unbesorgt, auszusteigen und im letzten Moment wieder aufzuspringen, weil wir wussten, dass der Lokomotivführer auf uns gewartet hätte.

Ich begriff sehr gut, warum wir so viele Umwege machten und warum wir so lange dazu gebraucht hatten, aus den Ardennen herauszukommen.

Die regulären Züge mit den normalen Reisenden, die für ihre Fahrkarte bezahlt hatten, verkehrten noch planmäßig, und obendrein gab es auf allen Strecken einen sehr intensiven Militärverkehr, Truppen- und Munitionszüge, die natürlich Vorrang hatten.

Von nun an sahen wir auch auf fast allen Bahnhöfen außer den gewöhnlichen Beamten auch einen Offizier, der Befehle erteilte.

Da wir keiner dieser Kategorien angehörten, schob man uns immer wieder auf ein Abstellgleis, um Platz zu schaffen für andere Züge.

In einem hübschen, mit roten Geranien geschmückten Bahnhof, wo ein Hund vor der Tür des Bahnhofsvorstehers schlief, wurde ich Zeuge eines Telefongesprächs. Der Bahnhofsvorsteher hatte der Hitze wegen seine Mütze in den Nacken geschoben und spielte mit seinem roten Fähnchen, das vor ihm auf dem Schreibtisch lag.

»Hallo, bist du's, Dambois?«

Später hat mir ein anderer Bahnhofsvorsteher erklärt, dass es sich nicht um ein gewöhnliches Telefon handelte. Wenn ich nicht irre, wird es selektives Telefon genannt, und man kann damit jeweils nur den nächsten Bahnhof erreichen. Es dient dazu, die Abfahrt der Züge zu melden.

»Wie sieht's bei dir aus?«

Hier gab es auch Hühner hinter einem Drahtgitter, wie bei mir zu Hause, und ein wohlgepflegtes Gemüsebeet. Die Frau räumte die Wohnung im ersten Stock auf und schüttelte ab und zu ihr Staubtuch am Fenster aus.

»Ich habe den 237 hier ... Ich kann ihn nicht länger stehen lassen, weil der 161 gleich ankommt ... Ist dein Rangiergleis frei? ... Und das Bistro von Hortense, ist es offen? ... Sag ihr, dass sie einen Schub Kunden kriegen wird ... Schön! ... Danke ... Also, ich schicke ihn dir ...«

So verbrachten wir drei Stunden in einem winzigen Bahnhof neben einem rosa gestrichenen Bistro. Die Tische wurden gestürmt, alles aß und trank. Anna und ich saßen draußen, unter einer Pinie. Ab und zu überkam uns Verlegenheit, weil wir einander nichts zu sagen hatten.

Wenn ich den Ort beschreiben sollte, könnte ich nur von den Schatten- und Sonnenflecken reden, vom rosigen Licht, vom Grün der Weinreben und Johannisbeersträucher, von meiner Benommenheit, meinem fast tierischen Wohlgefühl, und ich weiß nicht, ob ich nicht an diesem Tag dem vollkommenen Glück so nahe gekommen bin, wie es überhaupt möglich ist.

Es waren die gleichen Gerüche wie in meiner Kindheit, das leise Zittern der Luft, die unmerklichen Laute des Lebens. Das habe ich, meine ich, schon gesagt. Da ich nicht kontinuierlich an einem Stück schreibe, sondern nur dann und wann, heimlich, ein paar Zeilen oder Seiten hinkritzle, wiederhole ich mich notgedrungen.

Als ich meinen Bericht begonnen habe, war ich versucht, ein Vorwort zu schreiben, nicht so sehr aus Gründen der Zweckmäßigkeit wie aus Sentimentalität. Im Sanatorium bestand nämlich die Bibliothek größtenteils aus Werken, die aus der Zeit vor 1900 stammten, und damals war es bei den Schriftstellern Mode, ein Vorwort oder eine Einleitung zu schreiben.

Das vergilbte, braunfleckige Papier jener Bücher war dicker und glatter als das der heutigen, und sie verströmten einen angenehmen Geruch, der für mich ganz mit den darin beschriebenen Romangestalten verknüpft bleibt. Der schwarze Leineneinband glänzte wie die abgewetzten Ellbogen eines alten Jacketts. Ich fand das gleiche Leinen dann in der Bibliothek von Fumay wieder.

Ich habe auf ein Vorwort verzichtet, damit es nicht aussieht, als wollte ich mich wichtigtun. Und dass ich mich wiederhole oder verheddere, ist ebenso wahrscheinlich wie dass ich mir widerspreche, denn ich schreibe diesen Bericht in erster Linie, weil ich mir darüber klarwerden will, was tatsächlich geschehen ist.

Die Ereignisse, die mich nicht persönlich betreffen, beschreibe ich, so weit ich Zeuge war, so gut ich mich eben erinnern kann. Um bestimmte Daten festzustellen, hätte ich in alten Zeitungssammelbänden nachforschen müssen, und ich weiß nicht, wo die aufzutreiben sind.

Dass alles am Freitag, den 10. Mai, begonnen hat, dessen bin ich mir sicher; das Datum dürfte inzwischen in allen Geschichtsbüchern stehen. Ziemlich sicher weiß ich auch noch, welche Route wir genommen haben, auch wenn manche meiner Reisegefährten noch im Zug Namen von Bahnhöfen zu nennen begannen, die wir gar nicht passiert hatten.

Eine Straße, die am frühen Morgen völlig verlassen dalag, konnte eine Stunde später von Menschenmassen wimmeln, das war damals so. Alles ging schrecklich schnell und schrecklich langsam vor sich. Eben war noch von den Kämpfen in den Niederlanden die Rede gewesen, da standen die Panzer schon vor Sedan.

Mein Gedächtnis mag mich natürlich trügen, und wie ich schon anlässlich des letzten Morgens in Fumay sagte: Manche Stunden könnte ich Minute für Minute rekonstruieren, während ich von anderen nur eine verschwommene Erinnerung an die dabei vorherrschende Atmosphäre behalten habe.

So erging es mir auch unterwegs im Zug. Außerdem kam noch die Müdigkeit hinzu, eine gewisse Stumpfheit und Gehirnleere, die dieses ständige Unterwegssein mit sich brachte.

Wir hatten keine Verantwortung mehr, wir brauchten keine Entscheidungen zu treffen, Schritte zu unternehmen. Nichts hing mehr von uns selbst ab, nicht einmal unser eigenes Schicksal.

Eine Kleinigkeit machte mich stutzig, denn ich bin ein eher gewissenhafter Mensch und neige dazu, auch Nebensächlichkeiten so lange in meinem Kopfe zu drehen und zu wenden, bis ich sie begriffen habe. Als ich erzählte, wie unser Zug beschossen wurde und der Heizer neben dem tödlich getroffenen Lokomotivführer wild herumfuchtelte, habe ich den Schaffner zu erwähnen vergessen. Es muss doch einen Schaffner in unserem Zug gegeben haben, jemanden, der schnelle Entscheidungen zu treffen hatte.

Ich habe jedoch keinen gesehen. Gab es ihn? Gab es ihn nicht? Ich wiederhole: Es ging damals nicht unbedingt nach den Gesetzen der Logik zu.

Jedenfalls weiß ich, dass meine Haut, meine Augen, mein ganzer Körper noch nie so gierig die Sonne aufgesogen haben wie an jenem ersten Tag in der Vendée, und ich kann sagen, dass ich das Licht in all seinen Schattierungen, das Grün der Wiesen und Felder und Bäume bis in die feinsten Abtönungen genossen habe.

Eine braun und weiß gescheckte Kuh, die im Schatten einer Eiche wiederkäute, war auf einmal kein bekanntes Tier, kein alltäglicher Anblick mehr, sondern …

Ja, was? Wenn ich mich nur besser ausdrücken könnte! Jedenfalls habe ich beim Anblick dieser Kuh feuchte Augen bekommen, und als ich später vor einem rosafarbenen Gasthof saß, ruhte mein Blick lange ganz verzückt auf einer Fliege, die um einen Tropfen Limonade herumsummte.

Anna bemerkte meine Rührung und lächelte, und als ich sie nach dem Grund fragte, sagte sie:

»Eben habe ich dich so gesehen, wie du mit fünf Jahren ausgesehen haben musst.«

Körpergerüche, besonders Schweißgeruch, fand ich plötzlich angenehm. Und ich entdeckte eine Landschaft, die auf einer Ebene mit dem Meer lag und wo man die Kirchtürme von fünf Dörfern gleichzeitig sah.

Die Leute gingen ruhig ihrer Tätigkeit nach. Wenn unser Zug irgendwo hielt, sahen sie nur kurz auf und kamen nicht näher, um uns neugierig zu beäugen und auszufragen.

Ich bemerkte, dass es hier viel mehr Gänse und Enten gab als bei uns. Die Häuser waren so niedrig, dass man das Dach mit der Hand berühren konnte, als ob die Bewohner fürchteten, dass der Wind sie sonst forttrüge.

Ich sah Luçon, das mich an Kardinal Richelieu erinnerte, und dann Fontenay-le-Comte. Wir hätten noch am selben Abend La Rochelle erreichen können, doch der Bahnhofsvorsteher von Fontenay erklärte uns, dass es schwierig sein würde, uns im Dunkeln aussteigen zu lassen und im Auffanglager unterzubringen.

Man darf nicht vergessen, dass wegen der Luftangriffe alle Gaslaternen und Straßenlampen blau angestrichen und die Einwohner verpflichtet waren, ihre Fenster mit schwarzen Vorhängen zu verdunkeln. In den Städten suchten sich die Leute nachts mit elektrischen Taschenlampen ihren Weg, und die Autos fuhren im Schritttempo, mit Standlicht.

»Wir werden für euch einen ruhigen Ort zum Übernachten finden und dafür sorgen, dass ihr etwas zu essen bekommt.«

So geschah es. Wir näherten uns dem Meer, um uns bald darauf wieder davon zu entfernen. Unser Zug, der keinem Fahrplan folgte, schien einen Unterschlupf zu suchen. Schließlich hielt er in der Nähe einer kleinen Station, mitten auf einer Wiese.

Es war sechs Uhr abends, doch man spürte noch keine Abkühlung. Bis auf die Alten, die unter der Aufsicht des Priesters und der Nonnen standen, stiegen fast alle Reisenden aus, um sich die Beine zu vertreten. Ich sah ältere Frauen mit strengen Zügen, die sich bückten, um Gänseblümchen und Hahnenfuß zu pflücken.

Jemand behauptete, die alten Männer in ihrer grauen Anstaltstracht seien Geisteskranke. Möglich war es schon, denn sie wurden in La Rochelle von Krankenwärtern und weiteren Klosterschwestern in Empfang genommen und in zwei Autobusse verfrachtet.

Ich war mit einem ganz bestimmten Hintergedanken ausgestiegen und ging zu Dédé, dem fünfzehnjährigen Jungen, um ihm eine seiner Decken abzukaufen. Es war schwieriger, als ich gedacht hatte. Er feilschte so hartnäckig wie ein alter Bauer auf dem Viehmarkt, doch schließlich bekam ich meine Decke.

Anna sah uns lächelnd zu, ohne dass sie wissen konnte, worum es ging.

Es war wie ein Spiel. Ich fühlte mich jung. Oder vielmehr alterslos.

»Um was hast du denn gerade eben so leidenschaftlich gekämpft?«

»Das ist ein Geheimnis.«

»Ich hab's schon erraten.«

»Bestimmt nicht.«

»Wetten?«

Es war, als ob ich ein junger Kerl wäre und sie ein junges Mädchen.

»Also sag, was du glaubst, dann sag ich dir, ob du's erraten hast.«

»Du hast keine Lust, im Zug zu schlafen.«

Es stimmte, und ich war erstaunt, dass sie darauf gekommen war. Meinem Gefühl nach war es eine verrückte Idee, die keinem Menschen außer mir einfallen konnte. Ich hatte noch nie im Leben im Freien übernachtet. Als ich klein war, hatte meine Mutter es nicht erlaubt, und zudem wäre es in der Stadt ohnehin schwierig gewesen, und später kam es wegen meiner Krankheit nicht in Frage.

Als der Bahnhofsvorsteher von »einem ruhigen Ort im Freien« sprach, hatte ich sofort daran gedacht, und jetzt hatte ich eine Decke erstanden, die uns vor dem Tau schützen und vor neugierigen Blicken bewahren würde.

Bald darauf kam ein gelbes Auto mit einer fröhlichen Rotkreuzschwester und vier sechzehn- oder siebzehnjährigen Pfadfindern. Sie brachten uns Sandwiches, zwei Kessel heißen Kaffee und Schokoladentafeln. Sie hatten auch Decken dabei, die aber den alten Leuten und den Kindern vorbehalten waren.

Die Zugtüren klappten auf und zu. In der langsam herabsinkenden Dämmerung herrschte eine gute Stunde lang ein verworrenes Getöse, aus dem man hauptsächlich flämische Ausrufe heraushörte.

Erst bei diesem nächtlichen Halt auf freiem Feld stellte ich fest, dass in den belgischen Waggons auch Säuglinge mitreisten. Die Schwester war durch das Bahntelefon informiert worden und hatte die nötige Anzahl Fläschchen und ein mächtiges Paket Windeln mitgebracht.

Unser Waggon ging leer aus, nicht, weil wir keine Belgier waren, sondern weil es bei uns keine Kinder gab. Im Übrigen waren uns unsere Landsleute in den beiden anderen Viehwagen ebenfalls völlig fremd, obwohl sie mit uns zusammen aus Fumay abgereist waren.

Es hatten sich sozusagen luftdichte, in sich geschlossene Zellen gebildet, und in jeder Zelle gab es noch kleinere Untereinheiten, wie etwa bei uns die Kartenspieler oder ein Pärchen wie Anna und mich.

Frösche begannen zu quaken, und aus den Wiesen und Feldern ringsum ertönten immer mehr Geräusche.

Wir spazierten umher, ohne uns an der Hand zu halten, ohne uns zu berühren, und Anna rauchte eine von den Zigaretten, die ich ihr in Nantes gekauft hatte.

Wir kamen gar nicht auf die Idee, von Liebe zu sprechen, und heute frage ich mich, ob es überhaupt Liebe war. Ich meine Liebe in dem Sinn, den man dem Wort im Allgemeinen gibt, denn in meinen Augen war es viel mehr.

Sie wusste nichts von meinem Leben und zeigte auch

keine Neugier. Sie wusste lediglich von meiner Tuberkulose, weil mir eine entsprechende Bemerkung entschlüpft war.

»Im Sanatorium, in dem ich war, haben sie um acht Uhr abends das Licht gelöscht.«

Sie warf mir einen raschen Blick zu – sie hatte eine ganz eigentümliche Art, einen anzusehen, die ich nicht zu beschreiben vermag. Es war, als sei ihr jäh etwas in den Sinn gekommen, kein Gedanke, der auf logischer Überlegung beruhte, sondern etwas Fühlbares, wenn auch Flüchtiges, das sie instinktiv erfasste.

»Jetzt verstehe ich«, murmelte sie.

»Was verstehst du?«

»Dich.«

»Was hast du denn an mir entdeckt?«

»Dass du jahrelang eingesperrt warst.«

Ich ging nicht weiter darauf ein, aber auch ich hatte verstanden. Sie war ebenfalls eingesperrt gewesen. Es kommt nicht darauf an, wo genau, sondern nur *dass* man eingesperrt ist.

Vielleicht hatte sie mit ihrer Bemerkung auch nur gemeint, dass es ein Brandmal hinterließ und dass sie es an mir entdeckt hatte, ohne es zuordnen zu können.

Wir schlenderten langsam zu dem dunklen Zug zurück. Man sah nur die Glühpunkte der brennenden Zigaretten und hörte Geflüster.

Ich holte die Decke, und wir suchten uns ein Plätzchen, unser Plätzchen: weicher Boden, hohes Gras, ein sanfter Abhang.

Eine Baumgruppe verbarg uns vor neugierigen Blicken.

Ein großer zertretener Kuhfladen verströmte seinen kräftigen Geruch. Der Mond würde erst um drei Uhr früh aufgehen.

Einen Augenblick lang standen wir einander etwas linkisch gegenüber. Um einfach etwas zu tun, begann ich die Decke auszubreiten.

Ich sehe noch, wie Anna ihre Zigarette wegwarf, die im Gras weiterglimmte, und mit einer fließenden Bewegung, die ich damals zum ersten Mal beobachtete, aus ihrem Kleid und dann aus ihrer Unterwäsche schlüpfte.

Die jähe Kühle ließ sie leicht erschauern, während sie dicht an mich herantrat und mich sanft zu Boden zog.

Ich spürte sofort, dass sie den Wunsch hatte, mir diese Nacht zum Geschenk zu machen. Sie hatte erraten, wie sie alle meine Gedanken erriet, dass ich mich darauf freute wie auf ein Fest.

Sie ergriff von Anfang an die Führung. Sie war es auch, die die Decke wegschob, damit unsere Körper direkt den Boden berührten und unsere Haut den Duft der Kräuter annehmen konnte.

Als der Mond aufging, war ich noch wach. Anna hatte der nächtlichen Kälte wegen ihr Kleid wieder angezogen, und wir lagen, eng aneinandergeschmiegt, in die Decke gehüllt.

Ich sah ihr dunkles, rötlich schimmerndes Haar, ihr fremdländisches Profil, ihre blasse Haut, die viel feinporiger war, als was ich bisher kannte. Wir hatten uns so innig ineinander verschlungen, dass wir beide gleich rochen.

Ich weiß nicht mehr, welche Gedanken mir durch den

Kopf gingen, während ich sie so betrachtete. Ich war ernst, weder fröhlich noch traurig. Ich sorgte mich nicht um die Zukunft, die ich schlicht nicht in die Gegenwart hineinlassen wollte.

Es fiel mir plötzlich ein, dass ich mich in den letzten vierundzwanzig Stunden kein einziges Mal um meine Ersatzbrille gesorgt hatte, die jetzt vielleicht hier im Gras oder irgendwo im Stroh unseres Waggons herumlag.

Von Zeit zu Zeit ging ein Schaudern durch ihren Körper, und die Falte auf ihrer Stirn grub sich noch tiefer ein, wie von einem bösen Traum oder einem jähen Schmerz durchzuckt.

Schließlich schlief ich ebenfalls ein. Anstatt von selbst aufzuwachen, wie es meine Gewohnheit war, wurde ich durch das Geräusch von Schritten aus dem Schlaf gerissen. Jemand ging nahe an uns vorbei. Es war der Mann mit der Pfeife, den ich bei mir den Concierge nannte. Ein Wölkchen Tabaksqualm, der in dieser ländlichen Morgendämmerung etwas Überraschendes hatte, traf meine Nase.

Er war ein Frühaufsteher wie ich, ein Einzelgänger, trotz seiner Frau und seinen Kindern, nach denen er sich an jedem Halt immer gereizter erkundigte. Er ging im gleichen Schritt vorüber, mit dem ich frühmorgens durch meinen Garten daheim zu marschieren pflegte, und unsere Blicke begegneten sich.

Er sah gutmütig aus. Mit seinen schmalen Schultern und seiner schiefen Nase glich er einem Heinzelmännchen aus dem Bilderbuch.

Anna fuhr jäh auf.

»Ist es schon Zeit?«

»Ich glaube nicht. Die Sonne ist noch nicht aufgegangen.«

Ein leichter Nebel stieg von der Erde auf. In einem fernen Stall, aus dem ein Lichtschimmer fiel, hörte man die Kühe muhen. Wahrscheinlich wurden sie gerade gemolken.

Am Vorabend hatten wir hinter einem kleinen Ziegelbau, der die Station bezeichnete, einen Wasserhahn entdeckt. Dorthin gingen wir, um uns zu waschen. Weit und breit war kein Mensch zu erblicken.

»Halt mir die Decke vor.«

Anna zog sich im Handumdrehen aus und klatschte sich das eiskalte Wasser auf den Körper.

»Würdest du mir meine Seife holen? Sie steckt im Stroh unter deinem Koffer.«

Als sie sich abgetrocknet und wieder angezogen hatte, befahl sie:

»Jetzt bist du dran!«

Ich zögerte.

»Die Leute wachen schon auf«, warf ich ein.

»Na und? Warum sollen sie dich nicht nackt sehen?«

Ich tat es ihr nach. Meine Lippen waren blau vor Kälte, und sie rieb mir Brust und Rücken mit dem Handtuch ab.

Das gelbe Auto erschien wieder, mit derselben Rotkreuzschwester und denselben Pfadfindern, die wie zu rasch gewachsene Kinder oder wie unfertige Männer aussahen. Wieder brachten sie uns Kaffee, Butterbrote und Fläschchen für die Babys.

Ich weiß nicht, was sich in dieser Nacht im Zug ereignet hatte und ob das Gerücht stimmte, dass eine Frau ein

Kind geboren hatte. Ich kann es mir kaum vorstellen, denn ich habe keinen Laut gehört.

Man behandelte uns wie Schulkinder im Ferienlager. Obwohl die Schwester noch keine vierzig war, kommandierte sie uns herum wie eine Kindergartengruppe.

»Puh, hier stinkt's nach Fußschweiß! Wenn ihr jetzt ins Lager kommt, müsst ihr euch zuerst einmal ordentlich waschen, meine Lieben. Und du, Opa, hast du die ganzen Flaschen da ganz allein getrunken?«

Dann fiel ihr Blick auf Julie.

»He du, die Mollige da! Worauf wartest du denn? Raus aus den Federn! In einer Stunde seid ihr in La Rochelle.«

Dort waren wir dann wirklich am Meer. Der Hafen grenzte dicht an den Bahnhof. Auf einer Seite lagen die großen Dampfer, auf der anderen die Fischerboote, deren Segel und Netze in der Sonne trockneten.

Ich ergriff augenblicklich von der Landschaft Besitz. Sie drang mir in alle Poren. Vielleicht standen noch andere Züge auf den Gleisen – ich scherte mich nicht darum und habe sie nicht bemerkt. Ich interessierte mich auch nicht für die mehr oder weniger wichtigen Persönlichkeiten, die umhergingen und Befehle erteilten, genauso wenig für die jungen Mädchen in ihren weißen Ärmelschürzen, für die Soldaten oder die Pfadfinder.

Man half den Alten aussteigen, und der Priester zählte sie mit besorgter Miene, als hätte er Angst, einen zu verlieren oder zu vergessen.

»Alles ins Auffanglager gegenüber dem Bahnhof.«

Ich schulterte den großen Koffer und ergriff den kleineren, den Anna mir hatte abnehmen wollen. Ich ließ sie nichts tragen als die Decke und unsere Flaschen, die wir vielleicht brauchen würden.

Wir gingen an bewaffneten Soldaten vorbei, die sich nach meiner Begleiterin umdrehten. Anna ging dicht hinter mir, als fühlte sie sich plötzlich verloren und verängstigt.

Den Grund erfuhr ich erst etwas später. Draußen vor dem Bahnhof zeigten uns die Pfadfinder die Baracken aus noch frischem, hellem Holz, in einem öffentlichen Park, unweit des Hafenbeckens. Eine kleine Bude, kaum größer als ein Zeitungskiosk, diente als Aufnahmebüro, und wir reihten uns in die Schlange vor der offenen Tür ein.

Unsere Gruppe war auseinandergefallen. Wir befanden uns jetzt unter den viel zahlreicheren Belgiern und hatten keine Ahnung, was man mit uns anzufangen gedachte.

Von weitem sahen wir zu, wie die alten Männer in Autobusse verladen wurden. Gleichzeitig fuhren auch zwei Krankenwagen ab. In einer gewissen Entfernung sah man die Türme der Stadt. Flüchtlinge, die schon im Lager eingerichtet waren, betrachteten uns voller Neugier. Viele von ihnen waren Flamen, die ihre Landsleute freudig begrüßten.

Einer fragte mich auf Französisch mit ausgeprägtem flämischem Akzent:

»Und du, woher bist du?«

»Fumay.«

»Dann gehörst du aber doch nicht hierher. Das ist ein Lager für Belgier.«

Anna und ich tauschten einen besorgten Blick. Wir standen immer noch in der prallen Sonne und warteten, bis wir an die Reihe kamen.

»Personalausweise vorbereiten.«

Ich hatte keinen, da sie zu jener Zeit in Frankreich noch nicht obligatorisch waren. Da ich nie ins Ausland gereist war, hatte ich auch keinen Reisepass.

Ich sah einige Leute nach dem Verlassen des Büros auf die Baracken zugehen; andere stellten sich am Rande des Gehsteigs auf und warteten – wohl auf ein Verkehrsmittel, das sie anderswohin bringen sollte.

Wir rückten allmählich der Tür näher, und ich bekam einige Gesprächsfetzen mit.

»Was bist du von Beruf, Peeters?«

»Ich bin Monteur, aber seit dem Krieg …«

»Willst du arbeiten?«

»Natürlich, ich bin kein Faulenzer.«

»Hast du eine Frau? Kinder?«

»Meine Frau ist die dort drüben im grünen Kleid mit den drei Gören.«

»Du kannst von morgen an in der Fabrik in Aytré arbeiten und bekommst den gleichen Lohn wie die Franzosen. Stell dich dort auf den Gehsteig. Man wird euch nach Aytré bringen und euch eine Wohnung zuweisen.«

»Ist das wahr?«

»Der Nächste.«

Es war der alte Jules. Er war als einer der Letzten gekommen, hatte sich aber in der Schlange vorgedrängelt.

»Deinen Ausweis.«

»Ich hab keinen.«

»Hast du ihn verloren?«

»Ich hab nie einen gekriegt.«

»Bist du Belgier?«

»Nein, Franzose.«

»Was suchst du dann hier?«

»Das müssen Sie mir sagen.«

Der Beamte sprach leise mit einer Person, die ich nicht sehen konnte.

»Hast du Geld?«

»Es reicht nicht mal für ein Bier.«

»Hast du Verwandte in La Rochelle?«

»Verwandte hab ich nirgends. Bin von Geburt an Waise.«

»Wir werden später sehen, was wir mit dir anfangen. Jetzt ruh dich erst mal aus.«

Ich spürte, wie Anna immer nervöser wurde. Ich war der zweite Franzose, der drankam.

»Personalausweis.«

»Ich bin Franzose.«

Der Mann sah mich ärgerlich an.

»Gibt es viele Franzosen im Zug?«

»Drei Viehwagen voll.«

»Und es hat sich niemand um euch gekümmert?«

»Nein, niemand.«

»Was haben Sie jetzt vor?«

»Ich weiß nicht.«

Er sah Anna an.

»Ist das Ihre Frau?«

Ich zögerte kaum eine Sekunde, ehe ich antwortete:

»Ja.«

»Gehen Sie vorläufig ins Lager, und suchen Sie sich einen Platz. Im Moment weiß ich nicht Bescheid. Hierzu habe ich nichts vorliegen.«

Es gab drei neue, geräumige Baracken mit je zwei Reihen Strohsäcken auf hölzernen Wandpritschen. Manche Leute schliefen noch, vielleicht Kranke oder solche, die in der Nacht eingetroffen waren.

Etwas weiter hinten hatte man ein altes Zirkuszelt aus grünem Segeltuch aufgestellt, in dem man bloß Stroh auf den Fußboden gestreut hatte.

Dort suchten Anna und ich uns einen Winkel, wo wir unser Gepäck abstellen konnten. Das Lager begann sich erst allmählich zu füllen, es gab noch viele freie Plätze. Ich ahnte, dass sich dies bald ändern würde, und dachte, dass wir im Zelt wohl eher unsere Ruhe hätten als in den Baracken.

In einem kleineren, ziemlich schäbigen Zelt waren einige Damen damit beschäftigt, riesige Tröge voll Kartoffeln zu schälen und Gemüse zu putzen.

»Danke«, flüsterte Anna.

»Wofür?«

»Für das, was du gesagt hast.«

»Ich hatte Angst, sie würden dich nicht durchlassen.«

»Was hättest du dann getan?«

»Ich wäre mit dir gegangen.«

»Wohin?«

»Ganz egal.«

Ich hatte nicht viel Geld bei mir. Der Großteil unserer Ersparnisse war in Jeannes Handtasche verstaut. Ich konnte arbeiten gehen und hatte nichts dagegen.

Vorläufig allerdings lag mir daran, meinen Flüchtlingsstatus zu bewahren. Ich wollte vor allem in diesem Lager bleiben, so nahe am Hafen und bei den Schiffen, und zwischen den Baracken umherwandern, wo die Frauen ihre

Wäsche wuschen und zum Trocknen aufhängten, wo Kinder mit nacktem Hinterteil auf dem Boden herumkrabbelten.

Ich hatte Fumay nicht verlassen, um mir den Kopf zu zerbrechen und neue Verantwortungen auf mich zu nehmen.

»Wenn ich ihnen gesagt hätte, dass ich Tschechin bin ...«

»Du bist Tschechin?«

»Aus Prag. Und halb jüdisch durch meine Mutter. Meine Mutter ist Jüdin.«

Sie sprach nicht in der Vergangenheitsform, woraus ich schloss, dass ihre Mutter noch am Leben war.

»Mein Pass befindet sich noch in Namur. Bei meinem Akzent wären sie imstande, mich für eine Deutsche zu halten.«

Ich muss gestehen, dass mir ein hässlicher Gedanke kam, meine Stimmung verdüsterte sich. Hatte nicht etwa sie sich an mich herangemacht, sobald sie zugestiegen war?

In unserem Waggon war ich, mit Ausnahme des Jungen, dem ich die Decke abgekauft hatte, der einzige Mann unter fünfzig. Nein, da war noch mein alter Mitschüler Leroy, den hätte ich fast vergessen – ich frage mich jetzt erst, wieso *er* eigentlich nicht eingerückt war.

Jedenfalls hatte ich mich nicht um sie bemüht, sie war selbst auf mich zugekommen. Ich dachte an ihre zielbewussten Bewegungen in der ersten Nacht, neben Julie und ihrem Rosstäuscher.

Sie war ohne Gepäck, ohne Geld. Sie hatte sogar um eine Zigarette gebettelt.

»An was denkst du?«

»An dich.«

»Das weiß ich. Aber was denkst du?«

Ich dachte daran, dass sie von Anfang an, schon in Fumay, vorausgesehen hatte, dass man sie nach ihren Papieren fragen würde, und dass sie sich darum rechtzeitig einen Bürgen gesichert hatte. Nämlich mich!

Wir standen zwischen zwei Baracken. Auf dem Weg gab es noch ein Restchen zertrampeltes Gras, Wäsche hing an ausgespannten Leinen. Ich sah ihren Blick starr werden, Tränen traten ihr in die Augen. Ich hätte nicht geglaubt, dass sie weinen könnte, doch über ihre Wangen liefen richtige Tränen.

Sie ballte die Fäuste, und ihr Gesicht wurde so finster, dass ich dachte, sie würde mir gleich schluchzend eine Flut von Beschimpfungen entgegenschleudern.

Ich wollte ihre Hand ergreifen, sie zog sie zurück.

»Verzeih, Anna.«

Sie schüttelte so heftig den Kopf, dass die Haare ihr über die Augen fielen.

»Ich habe es nicht wirklich geglaubt. Manchmal verfällt man eben auf dumme Gedanken.«

»Ich weiß.«

»Verstehst du?«

Sie fuhr sich mit dem Handrücken über die Augen und schniefte ohne jede Koketterie.

»Es ist schon wieder gut«, erklärte sie.

»Habe ich dich sehr gekränkt?«

»Es geht schon vorbei.«

»Mir hat es auch weh getan. Ganz blödsinnig. Ich habe sofort eingesehen, wie dumm es von mir war.«

»Bestimmt?«

»Ganz bestimmt.«

»Komm.«

Sie zog mich an den Quai, und wir betrachteten über die in der Flut schaukelnden Masten hinweg die beiden dicken Türme, wie aus dem Steinbaukasten, die den Eingang zum Hafen flankierten.

»Anna!«

Ich sprach mit gedämpfter Stimme, ohne mich nach ihr umzudrehen, von Sonnenlicht und Farben geblendet.

»Ja?«

»Ich liebe dich.«

»Pst!«

Sie schien heftig zu schlucken. Dann begann sie mit ihrer gewohnten Stimme von anderen Dingen zu sprechen.

»Hast du keine Angst, dass man dir das Gepäck klaut?«

Da musste ich lachen und konnte gar nicht mehr aufhören zu lachen, und ich küsste sie, während die Möwen zwei Meter von unseren Köpfen entfernt vorüberflogen.

6

Es gibt die offiziellen Fixpunkte, die Daten, die man in den Geschichtsbüchern findet. Vermutlich hat aber jeder Mensch, je nachdem, wo er sich damals befand, nach seiner persönlichen Lage, ob er Familie hatte oder nicht, seine eigenen Fixpunkte. Meine beziehen sich alle auf das Auffanglager, das Lager, wie wir einfach sagten. Sie ergaben sich durch die Ankunft eines bestimmten Zuges, die Errichtung einer neuen Baracke oder durch ein anderes, scheinbar banales Ereignis.

Ohne es zu wissen, waren wir mit den Allerersten eingetroffen, gerade zwei Tage nachdem die Züge überhaupt belgische Flüchtlinge auszuspucken begannen. Das Lagerleben hatte sich noch nicht eingespielt.

Die Baracken waren erst wenige Wochen alt. Hatte man sie eigens für diesen Zweck errichtet?, frage ich mich erst jetzt, nachträglich. Wahrscheinlich schon, schließlich hatten die Behörden lange vor dem Einmarsch der Deutschen einen Teil des Elsass evakuiert.

Jedenfalls hatte niemand erwartet, dass die Ereignisse sich so überstürzen würden, und man improvisierte sichtlich täglich neu.

Am Morgen unserer Ankunft meldeten die Zeitungen schon Kämpfe in Monthermé und an der Semois. Am nächsten Tag errichteten die Deutschen bei Dinant Brücken für ihre Panzer, und am 15. Mai, wenn ich nicht irre, am gleichen Tag, an dem man die Verlegung der französischen Regierung meldete, brachten die Titelseiten in fetten Schlagzeilen Namen aus unserer Heimat, Montmédy, Raucourt, Rethel, wohin wir mit dem Zug so mühsam gelangt waren.

Das alles existierte für mich zwar noch, ebenso wie für die anderen, doch es geschah in einer fernen, fast abstrakten Welt, von der ich wie losgelöst war.

Ich möchte versuchen, meinen Gemütszustand zu beschreiben, nicht nur während der ersten Tage, sondern in der ganzen Zeit, die ich im Lager verbracht habe.

Den Krieg gab es. Er wurde mit jedem Tag wirklicher, greifbarer; das hatten wir selbst erfahren, als unser Zug beschossen wurde. Teilnahmslos hatten wir eine chaotische Zone durchquert, wo man noch nicht kämpfte, in der aber bald unablässig gekämpft werden sollte.

Jetzt war es so weit. Die Namen der Städte und Dörfer, die wir im Vorbeifahren im Sonnenlicht gelesen hatten, lasen wir jetzt fettgedruckt auf den Titelseiten der Zeitungen.

Dieses Gebiet, jenseits dessen wir zu unserer Überraschung sonntägliche Städte mit Kirchgängern auf dem Kirchplatz angetroffen hatten, dehnte sich von Tag zu Tag aus. Andere Züge folgten dem unseren, andere Autos rollten, Stoßstange an Stoßstange, eine Matratze auf dem Dach, mit Kinderwagen, hilflosen Alten und Puppen beladen, über die Landstraßen.

Die lange Raupe hatte bereits La Rochelle erreicht und kroch vor unseren Augen nach Bordeaux weiter.

Männer, Frauen, Kinder starben, wie unser Lokomotivführer gestorben war, die offenen Augen gen Himmel gerichtet. Andere bluteten wie der Alte, der sich sein gerötetes Taschentuch vors Gesicht gehalten hatte, oder brüllten wie die Frau mit der zertrümmerten Schulter.

Eigentlich sollte ich mich schämen, denn irgendwie nahm ich keinerlei Anteil an der ganzen Tragödie. Sie spielte sich jenseits von uns ab. Sie berührte uns nicht mehr persönlich.

Es war, als hätte ich bei der Abreise genau gewusst, was ich vorfinden würde: einen kleinen Kreis, auf mich zugeschnitten, der meine Zuflucht werden sollte, in den ich mich notgedrungen einfügen musste.

Da das Auffanglager für belgische Flüchtlinge bestimmt war, gehörten Anna und ich eigentlich gar nicht hierher. Darum versuchten wir, möglichst wenig aufzufallen, und verzichteten bei den ersten Verteilungen sogar auf die Suppe.

Man hatte im Freien einen niedrigen Herd aufgestellt, dann zwei, dann drei, dann vier weitere, mit riesigen Kesseln, richtigen Trögen, wie man sie auf dem Land am Schlachttag verwendet.

Später wurde eigens eine Küchenbaracke aus Fertigbauteilen errichtet, mit festgeschraubten Tischen und Bänken, wo wir sitzen und essen konnten.

Gefolgt von Anna, die mir keinen Augenblick von der Seite wich, beobachtete ich das Kommen und Gehen. Ich brauchte nicht lange, um die Lagerorganisation zu durchschauen, die tatsächlich im unaufhörlichen Improvisieren bestand.

Der Organisator war ein Belgier, derselbe, der mich bei meiner Ankunft ausgefragt hatte; ich ging ihm möglichst aus dem Weg. Er leitete eine Anzahl junger Mädchen und Pfadfinder, darunter fast erwachsene junge Kerle aus Ostende, die mit den allerersten Zügen eingetroffen waren.

Die Flüchtlinge wurden nach Gutdünken in Brauchbare und Unbrauchbare unterteilt, das heißt in solche, die arbeitsfähig waren, und die anderen, Greise, Frauen und Kinder, die es bloß zu versorgen galt.

Theoretisch war das Lager ein Durchgangslager, wo die Leute nur ein paar Stunden oder eine Nacht bleiben sollten.

Die Fabriken in Aytré, La Pallice und anderen Orten, die jetzt für die Verteidigung des Landes arbeiteten, forderten Arbeitskräfte, und man brauchte Leute, die im benachbarten Wald Holz fällten, um die Bäckereien mit Brennmaterial zu versorgen.

Facharbeiter wurden mitsamt ihren Familien von Autobussen in die betreffenden Orte gebracht, wo die Gemeinde sich um ihre Unterbringung bemühte.

Alleinstehende Frauen, Familien ohne männliches Oberhaupt und arbeitsunfähige Personen schickte man in Städte ohne Industrie, wie Saintes oder Royan.

Anna und ich verfolgten von Anfang an das Ziel, im Lager zu bleiben und uns dort unentbehrlich zu machen.

Die Schwester, die am Vorabend mit dem Auto zu unserem Zug gekommen war, um uns Essen zu bringen, hieß Madame Bauche und war meiner Ansicht nach die maßgebende Person im Lager; darum wandte ich ihr meine ganze Aufmerksamkeit zu, wie ein Schüler, der sich beim Lehrer lieb Kind machen will.

Sie war eher klein, mollig, fast fett und, wie ich schon sagte, zwischen dreißig und vierzig. Ich habe nie wieder im Leben einen Menschen mit so unerschütterlich guter Laune eine so unermüdliche Energie entfalten sehen.

Ich weiß nicht, ob sie ein Schwesterndiplom besaß. Sie gehörte zur guten Gesellschaft von La Rochelle. Ihr Mann war Arzt oder Architekt, ich erinnere mich nicht mehr genau, denn es gab noch vier oder fünf weitere Damen im Lager, und ich brachte die Berufe ihrer Männer durcheinander.

Wenn ein neuer Zug angekündigt wurde, war sie als Erste am Bahnhof, und nicht, um wie viele andere, die die Armbinde trugen, Leckereien und freundlichen Zuspruch zu verteilen, sondern um in der Menge die Leute ausfindig zu machen, die am dringendsten Hilfe brauchten.

Die wurden immer zahlreicher, je mehr sich die Ereignisse überstürzten, und man sah Madame Bauche ständig Kranke, kleine Kinder, hinfällige alte Männer in irgendeiner Baracke unterbringen, wo sie dann in ihrem weißen Kittel auf dem Fußboden kniete und wunde Füße wusch, Verletzungen verband oder hinter einer Decke, die als Vorhang diente, Frauen, die einer besonderen Behandlung bedurften, verarztete.

Meist machte sie noch um Mitternacht mit ihrer Taschenlampe auf Zehenspitzen die Runde durch die Baracken, um weinende Frauen zu trösten und Männer, die zu viel Lärm machten, zurechtzuweisen.

Die hastig installierten elektrischen Leitungen funktionierten schlecht. Als ich mich erbot, sie in Ordnung zu bringen, fragte Madame Bauche:

»Kennen Sie sich damit aus?«

»Es ist mehr oder weniger mein Beruf. Ich brauche nur eine Leiter.«

»Beschaffen Sie sich eine.«

Ich hatte gegenüber vom Bahnhof, in einer neuen Häuserzeile, ein im Bau befindliches Haus erspäht. Dorthin ging ich, und da niemand auf der Baustelle war, den ich um Erlaubnis hätte fragen können, trug ich die Leiter mit Annas Hilfe ins Lager. Sie ist dort so lange wie ich geblieben, ohne dass jemand sie zurückverlangt hätte.

Ich setzte auch Fensterscheiben ein und reparierte Wasserhähne und Rohrleitungen. Madame Bauche kannte meinen Familiennamen nicht und kümmerte sich nicht darum, woher ich kam. Sie nannte mich einfach Marcel, und bald fand sie es selbstverständlich, mich holen zu lassen, wenn irgendetwas nicht funktionierte.

Nach drei, vier Tagen war ich das Mädchen für alles. Leroy war mit dem ersten Schub nach Bordeaux oder Toulouse abgeschoben worden. Der Einzige aus unserem Waggon, der im Lager blieb, war der alte Jules, den man duldete, weil er den Hanswurst machte.

In der Stadt begegnete ich dem Mann mit der Pfeife, den ich den Concierge nannte. Er sagte mir im Vorbeigehen geschäftig, er müsse zur Präfektur, um dort Neuigkeiten von seiner Frau zu erfragen. Ich habe ihn nicht wiedergesehen.

Das war am zweiten oder dritten Tag gewesen. Tags zuvor hatte Anna ihren Schlüpfer und ihren Büstenhalter gewaschen und zum Trocknen aufhängt, und nun schlenderten wir durchs Lager und tauschten vielsagende Blicke, wenn wir daran dachten, dass sie unter ihrem schwarzen Kleid nackt war.

Am Ende des Quais erhob sich ein mächtiger Turm, der Uhrturm, noch massiger als die Türme, die den Hafeneingang flankierten. Man musste darunter durch, wenn man in die Stadt wollte.

Dieser Torbogen wurde uns vertraut, wie auch die Arkaden, in denen ein unglaubliches Treiben herrschte, denn die Stadt beherbergte außer ihren Einwohnern und den Flüchtlingen auch noch Soldaten und Matrosen.

Anna protestierte nicht, als ich ihr Wäsche zum Wechseln kaufte. Das war unerlässlich. Ich hatte überlegt, ob ich ihr bei dieser Gelegenheit nicht ein helles Sommerkleid, von denen die Schaufenster voll waren, kaufen sollte. Auch sie musste daran gedacht haben, denn sie erriet alles, was in mir vorging.

»Weißt du«, begann ich, »ich würde dir gern ein Kleid schenken …«

Sie hielt es nicht für notwendig, aus Höflichkeit zu protestieren, wie es die meisten andern der Form halber getan hätten, und sah mich lächelnd an.

»Ja? Was weiter?«

»Dass ich egoistischerweise zögere. Für mich ist dein schwarzes Kleid ein Teil von dir. Verstehst du? Ich weiß nicht, ob es nicht eine Enttäuschung für mich wäre, dich in einem anderen Kleid zu sehen.«

»Dann bin ich zufrieden«, flüsterte sie und drückte mir die Hand.

Ich spürte, dass sie die Wahrheit sagte. Ich war auch zufrieden. Als wir an einer Parfümerie vorbeikamen, blieb ich stehen.

»Benutzt du eigentlich Puder und Lippenstift?«

»Früher schon.«

Sie meinte nicht vor meiner Zeit, sondern vor Namur.

»Möchtest du das nicht wieder?«

»Das hängt von dir ab. Wenn du mich lieber geschminkt siehst …«

»Nein.«

»Dann will ich nicht.«

Sie wollte sich auch nicht die Haare schneiden lassen, die weder lang noch richtig kurz waren.

Ich dachte nie daran, nicht nur weil ich den Gedanken von mir fortschob, sondern weil es mir wirklich nicht in den Sinn kam: unser Leben zu zweit hatte keine Zukunft.

Was uns bevorstand, wusste ich nicht. Niemand konnte es voraussagen. Wir durchlebten eine Art Intermezzo zwischen zwei Akten, befanden uns wie außerhalb des Raums, und ich genoss gierig diese Tage und Nächte.

Ich genoss alles mit derselben Gier: das ständig wechselnde Schauspiel des Hafens und des Meers, die bunten Fischerboote, die bei Flut hintereinander hinausfuhren, die Fische, die in Körben oder flachen Kisten ausgeladen wurden, die Menschenmenge in den Gassen, einzelne Szenen im Lager und auf dem Bahnhof.

Noch gieriger war ich nach Anna, und zum ersten Mal im Leben schämte ich mich meiner sexuellen Begierde nicht.

Im Gegenteil! Mit ihr war es ein Spiel, das mir sehr rein erschien. Wir sprachen heiter und offen darüber, erfanden einen ganzen Geheimcode, bedienten uns bestimmter Zeichen, um uns in aller Öffentlichkeit unsere intimsten Gedanken mitzuteilen.

Das grünliche Zirkuszelt, das man von weitem über dem Lager emporragen sah, war der Mittelpunkt dieser neuen Welt, und mitten darin unter der Zeltkuppel unser Winkel im dicken Stroh, den wir unseren Stall nannten.

Dort hatten wir unsere Besitztümer aufgestellt, Sachen, die ich aus meinem Gepäck genommen, und andere, die ich gekauft hatte, wie etwa Essnäpfe und einen Spirituskocher. Wir hatten alles, um uns draußen, zwischen zwei Baracken, mit Ausblick auf den Hafen, unseren Morgenkaffee zu kochen.

Die anderen Leute, besonders jene, die nur eine Nacht im Lager verbrachten, betrachteten unseren Haushalt mit Erstaunen und sicher auch mit einem gewissen Neid, so wie ich früher wohl einen wirklichen Stall betrachtet hatte, wo die Pferde behaglich auf ihrer warmen Streu hausten.

Ich sagte ebenfalls »unsere Streu« und hütete mich, das Stroh allzu oft zu wechseln, weil etwas von uns daran haftete.

Wir liebten uns nicht nur dort, sondern so ziemlich überall, oft an ganz unerwarteten Orten. Begonnen hatte es eines Abends, als wir die Fischerboote am Quai sanft mit der Dünung schaukeln sahen und dem Knarren der Taljen lauschten, das dem Schrei der Möwen glich.

Da ich wusste, wie unwahrscheinlich es war, dass ich je aufs Meer hinausfahren würde, blickte ich mit einer gewissen Sehnsucht auf die Luke eines Bootes, auf dessen Deck Fischkörbe aufgestapelt waren. Ich sah Anna und dann wieder das Boot an, und sie begann zu lachen. Das gehörte mit zu unserer Geheimsprache.

»Hast du Lust?«

»Und du?«

»Hast du keine Angst, dass man uns für Einbrecher hält und uns festnimmt?«

Mitternacht war vorüber. Der Quai lag verlassen, mit abgedunkelten Lichtern da. Nur in weiter Ferne waren Schritte zu hören. Das Schwierigste war, die Eisenleiter in der Quaimauer hinunterzuklettern. Die letzten Sprossen waren ganz glitschig.

Wir kamen trotzdem heil hinunter und schlüpften durch die Luke. Unten stießen wir an weitere Körbe und Behälter und alle möglichen Gegenstände an, die wir im Dunkeln nicht erkennen konnten.

Es roch nach Fisch, Seetang und Petroleum. Anna rief schließlich:

»Komm hierher...«

Ich tastete nach ihrer Hand, und wir sanken beide auf ein schmales, hartes Lager. Ein Stück Ölzeug, das uns störte, schoben wir weg.

Die Dünung schaukelte uns sanft. Durch die Luke sah man ein Stückchen Himmel mit ein paar Sternen. Vom Bahnhof her ertönte das Pfeifen einer Lokomotive. Es war aber kein Zug, der ankam. Sie verschoben nur einige Waggons, vorwärts und rückwärts, gleichsam um Ordnung auf den Gleisen zu schaffen.

Damals gab es noch keine Umzäunung rund um das Lager, wir konnten kommen und gehen, wie es uns beliebte. Niemand hielt Wache. Wir mussten nur leise sein, um unsere Nachbarn nicht zu wecken.

Später wurde das Lager eingegittert; nicht um uns einzuschließen, sondern um zu verhindern, dass sich irgendwelches Lumpenpack einschlich und die Flüchtlinge bestahl, was ein paarmal vorgekommen war.

Wir strichen abends auch gern auf dem Bahnhof herum, und als einmal gar kein Verkehr herrschte, legten wir uns auf die Bank, die am weitesten von den Bahnhofsgebäuden entfernt war.

Das machte uns Spaß. Es war eine Art Trotzhandlung, eine Provokation. Einmal liebten wir uns hinter einem Haufen Stroh, wenige Schritte von Madame Bauche entfernt, die unterdessen kranke Füße behandelte und dabei immer noch mit uns redete.

Jeden Tag verbrachte ich eine gewisse Zeit damit, im Rahmen meiner Möglichkeiten nach meiner Frau und meiner Tochter zu forschen.

Man hatte uns nicht getäuscht, als uns in Auxerre oder in Saumur, vielleicht auch in Tours, ich weiß nicht mehr, wo, Namenslisten versprochen worden waren, die angeschlagen würden. Jetzt wurde jeden Morgen eine an der Tür des Büros ausgehängt, und die Leute versammelten sich davor, um nach vertrauten Namen zu suchen.

Es waren aber nur Listen von belgischen Flüchtlingen. Viele befanden sich in Bordeaux, Saintes, Cognac, Angoulême. Manche hatte man bis Toulouse befördert und sehr viele in kleinen Dörfern untergebracht, deren Namen ich nie gehört hatte.

Ich las die Listen auf gut Glück durch. Ebenso ging ich täglich zu einem bestimmten Bahnbeamten, der mir versprochen hatte, sich nach dem Schicksal unseres Zuges zu erkundigen. Er hatte seinen ganzen Ehrgeiz in diese Aufgabe gesetzt, und es ärgerte ihn, dass er dem Zug nicht auf die Spur kam.

»Ein Zug verschwindet nicht einfach so«, brummte er. »Nicht einmal im Krieg. Wir werden ihn schon aufspüren.«

Mit Hilfe des Bahntelefons hatte er seine Kollegen auf die Fährte gesetzt, und allmählich sprach man schon von dem »Geisterzug«.

Ich ging mit Anna zum Rathaus. Vor den Amtsräumen bildeten sich Schlangen, denn in dieser Zeit brauchte jedermann eine Auskunft, eine Bewilligung, irgendeine offizielle Bestätigung.

Hier waren auch die Listen der französischen Flüchtlinge angeschlagen, doch meine Frau stand wieder nicht darauf.

»Wenn Sie jemanden suchen, sollten Sie sich lieber an die Präfektur wenden«, sagte man mir.

Wir gingen also zur Präfektur. Der Hof war hell, die Gänge und Büros sonnendurchflutet. Man sah Beamte in Hemdsärmeln und viele junge Mädchen in hellen Sommerkleidern. Ich hatte Anna draußen warten lassen, denn wenn ich mich nach meiner Frau erkundigte, konnte ich sie ja schlecht für meine Frau ausgeben.

Ich sah durchs Fenster, wie sie am Rand des Gehsteigs stand und heraufspähte. Dann begann sie ernst und nachdenklich auf und ab zu gehen. Ich konnte es kaum erwarten, wieder bei ihr zu sein, und machte mir Vorwürfe, sie, und sei es auch nur einen Augenblick, allein gelassen zu haben.

Hier wurden Bezugsscheine für Benzin ausgegeben.

Hunderte von Wagen aus allen Himmelsrichtungen füllten die Place d'Armes, die Quais, die Straßen, während ihre Besitzer hier, in der längsten Schlange, auf den unentbehrlichen Schein warteten, ohne den sie ihre Fahrt nicht fortsetzen konnten.

Tags zuvor hatte ich in einer Autokolonne, die sich in Richtung Rochefort bewegte, einen Leichenwagen aus Charleroi gesehen, in dem sich eine ganze Familie eingerichtet hatte. Ihr Gepäck hatten sie wahrscheinlich dort untergebracht, wo sonst der Sarg war.

»Sie suchen jemanden?«

»Meine Frau ...«

Es zeigte sich, dass Tausende, ja Zehntausende von Menschen in derselben Lage waren. Nicht nur, dass immer mehr Leute aus Belgien und Nordfrankreich herbeiströmten, jetzt wurden auch die Pariser von Panik ergriffen; seit die Regierung die Stadt verlassen hatte, waren alle Ausfallstraßen von langen Auto- und Menschenschlangen verstopft.

In den Dörfern, die an den Nationalstraßen lagen, wurden die Bäckereien gestürmt, und in den Krankenhäusern war kein einziges Bett mehr frei.

»Füllen Sie dieses Formular aus, und geben Sie mir Ihren Namen und Ihre Adresse an.«

Vorsichtshalber gab ich nicht das Auffanglager an, sondern vermerkte als Adresse postlagernd. Dabei waren der alte Jules und ich inzwischen nicht mehr die einzigen Franzosen im Lager.

Ich erinnere mich noch an den elendsten Zug von allen, der an einem glutheißen Nachmittag im Bahnhof eintraf, gerade als draußen eine ganze Mädchenschule in Reih und Glied zu irgendeinem Fest marschierte.

»Elendszüge« nannten wir, mit den Worten von Madame Bauche, Züge, die unterwegs Schlimmes erlebt hatten, Züge, in denen Menschen gestorben und Kinder ohne fachkundige Hilfe zur Welt gekommen waren.

Einmal kam beispielsweise ein Irrenzug durch, zehn Waggons mit Geisteskranken, die aus einer Anstalt evakuiert worden waren. Allen Vorsichtsmaßnahmen zum Trotz gelang es zweien zu entkommen. Man fing sie erst beim großen Uhrturm wieder ein.

Ich weiß nicht mehr, ob der Zug, den ich meine, aus Douai oder Laon kam, denn ich verwechsle die beiden Städte ständig. Es gab darin nur wenige Verwundete, die man unterwegs verbunden hatte, doch allen Insassen, Männern, Frauen und Kindern, stand noch das nackte Entsetzen ins Gesicht geschrieben.

Eine Frau zitterte krampfhaft; sie hörte die ganze Nacht nicht auf zu zittern und mit den Zähnen zu klappern, während sie ihre Decke von sich stieß.

Andere stammelten zusammenhanglose Worte oder erzählten immer wieder mit monotoner Stimme dieselbe Geschichte.

Es war passiert, als sie – in Douai oder Laon – zweihundert Meter von dem hoffnungslos überfüllten Bahnhof entfernt in den Zug verladen wurden. Manche standen noch vor dem Zug und warteten auf Nachzügler, auf irgendeinen Familienangehörigen, der zum Bahnhofskiosk etwas holen gegangen war, als plötzlich ohne vorherige Warnung Flugzeuge am Himmel auftauchten.

»Die Bomben sind nur so auf uns heruntergeprasselt, Monsieur … Auf den Bahnhof und die umliegenden Häuser, und alles hat zu wackeln und zu beben begonnen, die Dächer, die Mauern, die Menschen, die Waggons rundherum … Ich habe ein ganzes Bein durch die Luft fliegen sehen, und obwohl wir ziemlich weit weg waren, hat es mich zu Boden geworfen, direkt auf meinen Sohn …«

Schließlich hatten die Sirenen zu heulen begonnen, die Feuerwehrwagen kamen herbeigerast. Haufen von Steinen, Ziegeln, verbogenem Eisenzeug, aus denen Leichenteile hervorragten, zertrümmerte Möbelstücke, darunter hie und da ein vertrauter Gegenstand, der wie durch ein Wunder heil geblieben war.

Die Zeitungen meldeten die Bildung eines neuen Ministeriums, den Rückzug nach Dünkirchen, den weitgehenden Zusammenbruch des Eisenbahnverkehrs, während Anna und ich unser kleines Leben lebten, als ob es ewig so weitergehen würde.

Anna wusste ebenso gut wie ich, dass es nicht von Dauer sein konnte, doch sie machte nie eine Andeutung. Vor mir hatte sie das Leben anderer geteilt, eine längere oder kürzere Zeit lang an fremden Existenzen teilgenommen, und ich dachte lieber nicht an das, was nach mir kommen würde.

Mein Herz hatte sich zusammengekrampft, als ich sie durchs Fenster der Präfektur allein auf dem Gehsteig stehen sah, als gehörten wir schon nicht mehr zusammen. Ich war geradezu in Panik geraten. Als ich dann wieder zu ihr hinunterkam, hatte ich sie am Arm gepackt, als wären wir tagelang getrennt gewesen.

Ich könnte schwören, dass es in dieser ganzen Zeit kein einziges Mal geregnet hat, bis auf ein kurzes Gewitter, wie ich mich jetzt erinnere, bei dem sich auf unserem Zeltdach Pfützen bildeten. Das Wetter war geradezu unwirklich schön, und ich kann mir La Rochelle nicht anders vorstellen als im warmen Sonnenschein.

Die Fischer brachten uns Fische. Die Pfadfinder klapperten jeden Morgen den Markt ab, einen Stand nach dem andern, und überall stopfte man Gemüse und Früchte in ihre Körbe. Sie hatten einen Handwagen dabei wie den meinen, den ich in Fumay im Hof der Güterabfertigung hatte stehenlassen. Ein paarmal begleitete ich sie zum Vergnügen und spannte mich in die Deichsel, während Anna auf dem Gehsteig nebenherging.

Als das Radio die Kapitulation der belgischen Regierung meldete, wäre es im Lager und am Bahnhof beinahe zu Tumulten gekommen. Zu diesem Zeitpunkt waren wir im Lager fast ebenso viele Franzosen wie Belgier. Ganze Fabriken wurden verlegt. Ich habe Flamen und Wallonen wie Kinder weinen sehen; andere gerieten sich in die Haare und mussten voneinander getrennt werden.

Jeder Tag, der verging, fraß an meinem mageren Glückskapital. Nein, das ist nicht das richtige Wort. Aber da ich kein anderes finde, da die Menschen immer vom Glück sprechen, muss ich mich mit diesem Wort begnügen.

Über kurz oder lang würde ich auf dem Gemeindeamt, auf der Präfektur, auf der Post Nachricht von Jeanne und meiner Tochter vorfinden. Die Schwangerschaft näherte sich ihrem Ende, und ich konnte nur hoffen, dass die Aufregungen der Flucht die Geburt nicht beschleunigt hatten.

Die Pariser Zeitungen veröffentlichten spaltenlang die Namen von Lesern, die ihrer Familie auf diese Weise Nachricht zukommen ließen, und ich dachte einen Moment daran, das ebenfalls zu tun. Bloß lasen wir in Fumay keine Pariser Zeitung. Welche hätte ich jetzt wählen sollen? Wir hätten es vorher besprechen müssen, und das hatten wir natürlich nicht getan. Es war höchst unwahrscheinlich, dass Jeanne jeden Tag alle größeren Zeitungen kaufen würde.

Die Deutschen rückten so schnell vor, dass viel von Verrat und einer Fünften Kolonne gesprochen wurde. Es hieß, man habe in einer unserer Baracken einen vermeintlichen Holländer festgenommen, der einen tragbaren Funksender mit sich führte.

Ob es stimmte, weiß ich nicht. Madame Bauche, mit der ich darüber sprach, konnte es auch nicht bestätigen, doch sie hatte Polizeidetektive in Zivil im Lager herumstreifen gesehen.

Das ängstigte Anna, deren Familienname, Kupfer, sehr deutsch klang. Wir dachten jedes Mal daran, wenn wir auf dem Grünstreifen zwischen Bahnhof und Lager die Geranien in ihrer ganzen sommerlichen Pracht bewunderten.

Der Stadtgärtner hatte kurz nach unserer Ankunft die schon blühenden Pflanzen eingesetzt. Ich sehe ihn noch heute vor mir, wie er am frühen Morgen im blassen Sonnenlicht seine tröstliche Arbeit vollbrachte, während die Flüchtlingszüge den Bahnhof fast pausenlos passierten und die Zeitungen am Kiosk nichts als Katastrophen meldeten.

Zwei Stunden später, der Gärtner war noch bei der Arbeit, verkündete ein deutscher Propagandasender ungefähr Folgendes:

»Das ist nett von Ihnen, Monsieur Vieiljeux, dass Sie uns zu Ehren die Zufahrt zu Ihrem Bahnhof schmücken. In ein paar Tagen werden wir dort sein.«

Monsieur Vieiljeux – den ich nie gesehen habe – war der Bürgermeister von La Rochelle. Das deutsche Radio gab auch danach immer wieder ironische Meldungen an ihn durch, aus denen hervorging, dass die Deutschen über jeden einzelnen Vorfall in der Stadt aufs Beste informiert waren.

Man hörte immer öfter das Wort »Spion«, und die Blicke wurden argwöhnisch.

»Du solltest möglichst wenig in Anwesenheit anderer sprechen«, sagte ich zu Anna.

»Ja, das habe ich auch gedacht.«

Sie war ohnehin nicht geschwätzig. Ich auch nicht. Aber selbst wenn wir es gewesen wären, so gab es doch zwischen uns so viele Dinge, die tabu waren, dass wir uns nicht viel zu sagen gewusst hätten.

Keine Vergangenheit, keine Zukunft. Nur eine zerbrechliche Gegenwart, die wir gemeinsam gierig verschlangen.

Wir mästeten uns förmlich an kleinen Freuden, Bildern, die wir, das wussten wir, unser Leben lang bewahren würden, und wenn unsere Körper miteinander verschmolzen, schmerzte es beinahe, so innig suchten wir eins zu werden.

Ich war glücklich, ich schäme mich nicht, es zu sagen. Es war ein Glück, das sich zum alltäglichen Glück etwa so verhielt wie ein Ton, den man einer Geigensaite auf der falschen Seite des Stegs entlockt, zum normalen Geigenklang. Es ging einem durch Mark und Bein und tat herrlich weh.

Im Übrigen bildeten wir mit unserem unersättlichen Begehren keine Ausnahme, möchte ich meinen. Hier im Zirkuszelt lagen wir nicht ganz so gedrängt wie im Viehwagen, doch es waren trotzdem über hundert Menschen, Männer und Frauen, die unter dem grünen Zeltdach schliefen. Es verging keine Nacht, ohne dass man verstohlene Bewegungen, keuchende Atemzüge, wollüstiges Stöhnen vernahm.

Ich war auch nicht der Einzige, der sich aus dem normalen Leben mit all seinen Konventionen geworfen fühlte. Jeden Augenblick konnten feindliche Flugzeuge am Himmel erscheinen und ihre Bomben auf uns herabregnen lassen. In zwei, höchstens drei Wochen würden die Deutschen hier auftauchen, und niemand vermochte sich vorzustellen, was dann geschehen sollte.

Bei einem ersten Bombenalarm mussten wir uns neben dem Hafenbecken platt auf den Boden legen, denn der Luftschutzkeller, den man beim Güterbahnhof angelegt hatte, war zu weit weg.

Die Luftabwehr begann zu schießen, vom Bahnhof stiegen Feuergarben auf. Später versicherte man uns, es sei ein Irrtum gewesen: es habe sich um französische Flugzeuge gehandelt, die versäumt hätten, die vorschriftsmäßigen Signale zu geben.

Andere Flugzeuge kamen im Sturzflug herab, um Minen rings um das Schiff ›Champlain‹ zu placieren, das auf der Reede von La Pallice lag. Am nächsten Morgen flog es in die Luft. Wir hörten die Detonationen, ohne zu wissen, was vorging.

Später gingen Benzintanks, die drei oder vier Kilometer von der Stadt entfernt lagen, in Flammen auf, und die schwarze Rauchwolke stand noch tagelang am Himmel.

Ich habe es schon einmal gesagt: Die Tage vergingen rasch und langsam zugleich. Das Zeitgefühl war verändert. Die Deutschen marschierten in Paris ein, während Anna und ich nicht von unserem täglichen Trott abwichen. Nur am Bahnhof änderte sich die Atmosphäre: alles geriet von Tag zu Tag in immer größere Verwirrung und Unruhe.

Genau wie in Fumay stand ich stets als Erster auf. Ich ging ins Freie, um Kaffee zu kochen, während ich mich vor einem an der Zeltwand aufgehängten Handspiegel rasierte. Man hatte einen Winkel des Zelts als eine Art Waschraum für die Frauen eingerichtet, und Anna ging immer schon zeitig, vor dem großen Ansturm, dorthin.

Nach dem Frühstück schlenderten wir zum Bahnhof, wo man uns schon kannte und freundschaftlich begrüßte.

»Viele Züge angesagt?«

»Aller Voraussicht nach kommt heute ein Teil der Belegschaft von Renault an.«

Wir kannten die Unterführungen, die Gleise, die Bänke auf dem Bahnsteig. Nicht ohne Rührung betrachteten wir die Viehwagen, in denen noch Stroh herumlag. Wo mochte jetzt der unsrige sein, in dem etwas von unserem Geruch haften geblieben war?

Es kam selten vor, dass Madame Bauche mich nachher nicht für irgendeine Arbeit brauchte: eine Tür oder ein

Fenster in Ordnung bringen, neue Regale für Medikamente oder Vorräte aufstellen, einen Kurzschluss beheben.

Anschließend gingen wir gewöhnlich zur Suppenausteilung. Nur von Zeit zu Zeit gönnten wir uns etwas Besonderes. Wir überquerten die Straße und traten in eine kleine, stille Bar ein. Anna trank dort gern einen Aperitif, während ich selber ihr zur Gesellschaft eine Limonade bestellte.

Nachmittags gingen wir in die Stadt, wo ich die neu angeschlagenen Namenslisten durchlas, ehe ich bei der Post nachfragte.

Unser Kind konnte jetzt jeden Tag zur Welt kommen, und ich fragte mich, wer Sophie versorgen würde, während meine Frau in der Entbindungsklinik lag.

Sonderbarerweise konnte ich sie mir beide nicht richtig vorstellen. Ihre Gesichter blieben undeutlich und verschwommen.

Ich sorgte mich nicht allzu sehr um Sophie, denn wir hatten im Lager eine Woche lang zwei Kinder gehabt, denen die Mutter unterwegs abhandengekommen war und die nicht weiter darunter litten. Sie spielten fröhlich und unbekümmert mit den anderen Kindern, und als ihre Mutter schließlich erschien, standen sie ihr einen Moment reglos gegenüber, verlegen, als hätten sie etwas angestellt.

Der 16. Juni gehört zu den Daten, an die ich mich erinnere. Pétain ersuchte von Orléans aus um einen Waffenstillstand, und die Soldaten auf unserem Bahnhof legten gegen den Einspruch ihrer Offiziere die Waffen hin und verschwanden.

Drei Tage später waren die Deutschen in Nantes. Wir nahmen an, dass sich die motorisierten Truppen sehr rasch vorwärtsbewegten, und rechneten damit, sie am nächsten Tag bei uns zu sehen.

Doch erst am 22. Juni, der ein Samstag war, riefen Autofahrer uns im Vorbeifahren zu:

»Sie sind in La Roche-sur-Yon!«

»Haben Sie sie mit eigenen Augen gesehen?«

Sie nickten und rasten weiter in Richtung Rochefort.

Die folgende Nacht war sehr warm. Anna legte sich zuerst schlafen. Mir stiegen die Tränen in die Augen, als ich dastand und zusah, wie sie sich eine Kuhle ins Stroh höhlte. Ich sagte:

»Nein! Komm mit.«

Sie fragte nie, wohin und warum. Man hätte meinen können, sie wäre ihr Leben lang immer einem Mann gefolgt, sie wäre dazu geboren.

Wir schritten am Quai dahin und lauschten dem Rauschen der Wellen und dem Knirschen und Kreischen des Takelwerks. Vielleicht dachte sie, dass ich mich mit ihr wieder in einem Boot verkriechen wollte?

Ich führte sie bis ans Ende des Hafens, wo die Werften aufragen, und bog in den Weg ein, der zum Badestrand führt.

Es drang kein Laut von der Stadt herüber und auch kein Lichtschimmer, bis auf ein dunkelgrünes Signal am Ende der Mole.

Wir legten uns in den Sand, nicht weit von den kleinen Wellen der Brandung, blieben reglos und schweigend so liegen und horchten nur auf unseren eigenen Herzschlag.

»Anna, ich möchte, dass du dir immer bewusst bist…«

»Pst!«

Sie brauchte keine Worte. Sie mochte Worte nicht. Ich glaube, sie machten ihr Angst.

Ich umfing sie, begann sie zu lieben, langsam, unbeholfen, mit wachsender Ungeduld, die fast an Boshaftigkeit grenzte. Diesmal half sie mir nicht. Sie lag unbeweglich da und sah mir starr und ausdruckslos ins Gesicht.

Einen Moment lang schien es mir, als wäre sie schon fort und ich sähe sie wieder allein umherirren.

»Anna!«, schrie ich in einem Ton, als riefe ich um Hilfe. »So versteh mich doch!«

Sie umfing meinen Kopf mit den Händen und murmelte mit tränenerstickter Stimme:

»Es war gut!«

Sie meinte nicht unsere Umarmung, sondern uns beide, alles, was wir während einer so kurzen Zeitspanne gewesen waren. Wir weinten, während wir uns umschlangen. Inzwischen hatte die Flut schon unsere Füße erreicht.

Ich fühlte den Drang, irgendetwas zu tun – ich wusste selbst nicht, was. Ich riss ihr das Kleid herunter und warf meine eigenen Kleider ab. Noch einmal sagte ich zu ihr:

»Komm!«

Die Nacht war nicht ganz dunkel, so dass ich die Umrisse ihres Körpers erkennen konnte, aber nicht ihre Gesichtszüge. Hatte sie wirklich Angst? Glaubte sie, dass ich sie, womöglich uns beide, ertränken wollte? Ihr Körper verkrampfte sich in instinktiver Panik.

»Komm doch, Dummchen!«

Ich lief ins Wasser hinein, und sie folgte mir. Sie konnte schwimmen, ich nicht. Sie watete weiter ins Meer hinaus und schwamm dann in großen Kreisen um mich herum.

Ich frage mich heute, ob sie wirklich keinen Anlass hatte, sich vor mir zu fürchten. Damals war alles möglich. Wir versuchten, aus diesem Bad ein Spiel zu machen, es wie Schulkinder in den Ferien zu treiben, doch es gelang uns nicht recht.

»Ist dir kalt?«

»Nein.«

»Laufen wir ein Stück, damit wir warm werden.«

Wir rannten über den feinen Sand, der uns an Füßen und Waden kleben blieb.

Doch das Ganze war kein guter Einfall gewesen. Als wir wieder ins Lager schlüpfen wollten, war dort eine Streife unterwegs. Fast eine Viertelstunde lang mussten wir uns in einer dunklen Ecke verstecken.

In unserem Zelt schlug uns menschliche Wärme entgegen. Wir rollten uns in unserem Winkel zusammen, wo ich dann die ganze Nacht nicht schlafen konnte.

Der nächste Tag war ein Sonntag. Im Lager zogen sich viele zum Kirchgang an. In der Stadt begegneten wir jungen Mädchen in hellen Kleidern, sonntäglich herausgeputzten Kindern, die artig vor ihren Eltern herspazierten. Die Konditoreien waren geöffnet, und ich kaufte einen noch ofenwarmen Kuchen, wie in Fumay.

Nach der Mittagspause setzten wir uns auf die Hafenmauer und aßen ihn, während unsere Beine über dem Wasser baumelten.

Um fünf Uhr hielten deutsche Motorräder vor dem Rathaus, und ein Offizier verlangte, Monsieur Vieiljeux zu sprechen.

7

Am Montag früh erwachte ich bedrückt und mit einem Gefühl von Leere. Anna hatte unruhig geschlafen. Sie war immer wieder mit jenen brüsken Bewegungen, an die ich mich nicht gewöhnen konnte, aufgefahren und hatte ein paarmal aufgeregt in ihrer Muttersprache gesprochen.

Ich stand zur gleichen Zeit auf wie sonst, um Kaffee zu kochen und mich zu rasieren, doch an diesem Tag war ich nicht allein draußen. Ich sah die noch schlaftrunkenen Flüchtlinge in Gruppen beisammenstehen und zuschauen, wie die deutschen Motorräder vorbeiflitzten.

In ihren Augen glaubte ich die resignierte Niedergeschlagenheit wiederzufinden, die sicher auch in den meinen zu lesen war. Es war die allgemeine Stimmung; bei manchen dauerte sie tage-, bei anderen wochenlang an.

Ein Blatt war gewendet worden, eine Epoche zu Ende gegangen. Das empfand jeder, doch keiner wusste, was genau kommen würde.

Nun ging es nicht mehr nur um unser persönliches Schicksal, sondern um das der Welt, zu der wir gehörten.

Wir hatten uns ein mehr oder weniger furchtbares Bild vom Krieg, von der Besetzung gemacht; jetzt, da beides uns erreicht hatte, merkten wir, dass es anders war, als wir es uns vorgestellt hatten, auch wenn dies nur der Beginn war.

Ein Beispiel: Während mein Kaffeewasser auf dem kleinen Trockenspirituskocher heiß wurde und die deutschen Soldaten, junge, rotbackige Burschen, frisch und sauber wie zu einer Parade, vorbeizogen, ohne sich um uns zu kümmern, sah ich von weitem zwei französische Soldaten mit geschultertem Gewehr vor dem Bahnhof Wache stehen.

Seit zwei Tagen kamen keine Züge mehr durch. Die Bahnsteige lagen ebenso leer und verlassen da wie die Wartesäle, die Bahnhofsgaststätte, das Büro des Militärkommandanten. Die beiden Soldaten hatten keine Befehle bekommen und wussten nicht, was sie tun sollten. Erst um neun lehnten sie ihre Gewehre an die Mauer und verdrückten sich still.

Während ich mir die Wangen mit weißem Schaum einpinselte, hörte ich am Hafen das Tuckern der Dieselmotoren. Die Fischer fuhren aufs Meer hinaus, allerdings nur drei oder vier. Der Feind marschierte in die Stadt ein, aber sie fuhren ihre Netze auswerfen wie an jedem anderen Tag ihres Lebens, und niemand hinderte sie daran.

Als Anna und ich in die Stadt gingen, fanden wir die Cafés, die Bistros, die Geschäfte geöffnet. Ich erinnere mich vor allem an eine Blumenfrau, die ihre Nelken in großen Töpfen vor die Tür hinausstellte. Gab es denn Leute, die heute Blumen kaufen würden?

Auf den Gehsteigen waren wie immer Menschen unterwegs, vielleicht etwas verwirrt und verstört wie ich selber, und man sah viele französische Militärs unter den Zivilisten.

Einer von ihnen fragte, mitten auf der Rue du Palais, einen Polizisten, was er jetzt eigentlich tun solle, und die

Gesten des Polizisten ließen erkennen, dass er ebenfalls keine Ahnung hatte.

In der Umgebung des Rathauses sah ich keine Deutschen. Überhaupt erinnere ich mich nicht daran, dass ich Deutsche zu Fuß unter den Einwohnern gesehen hätte. Wie jeden Tag las ich die ausgehängten Namenslisten. Dann gingen wir zur Post, wo ich mich geduldig vor dem Postlagernd-Schalter anstellte, während Anna gedankenverloren am Fenster stand.

Wir hatten an diesem Tag noch kaum ein Wort gewechselt. Uns beiden war gleichermaßen beklommen zumute. Als man mir am Schalter tatsächlich eine für mich bestimmte Nachricht aushändigte, war ich nicht überrascht. Ich dachte, dass es nicht anders sein konnte, dass es so hatte kommen müssen.

Alles Blut wich aus meinen Gliedern, die ganz schlaff wurden, und es fiel mir schwer, mich auch bloß drei Schritte vom Schalter zu entfernen.

Ich wusste schon alles. Es war ein vorgedrucktes Formular auf schlechtem Papier, die freien Stellen waren mit Tintenstift ausgefüllt.

Name der gesuchten Person: Jeanne Marie Clémentine Van Straeten, verehelichte Féron

Heimatort:	Fumay (Ardennen)
Beruf:	keiner
Abgereist am:	…
Verkehrsmittel:	Eisenbahn
In Begleitung von:	Tochter, 4 Jahre
Gegenwärtiger Aufenthalt:	…

Mein Herz begann zu klopfen. Ich sah mich nach Anna um; sie stand im Gegenlicht am Fenster, von wo sie mich unbeweglich beobachtete.

Gegenwärtiger Aufenthalt: Bressuire,
Entbindungsklinik

Ich trat zu Anna hin und reichte ihr das Blatt. Dann wandte ich mich, ohne recht zu wissen, was ich wollte, zum Telefonschalter.

»Kann man nach Bressuire telefonieren?«

Ich erwartete als Antwort, dass es unmöglich sei. Doch das Telefon funktionierte ganz normal, wider jede Logik, wie mir schien.

»Welche Nummer?«

»Die Entbindungsklinik.«

»Kennen Sie die Nummer nicht? Oder wenigstens die Adresse?«

»Nein, aber es wird wohl nur eine im Ort geben.«

Soweit ich mich aus der Schule erinnerte, lag Bressuire in einer Gegend, von der selten die Rede ist, irgendwo zwischen Niort und Poitiers, aber weiter westlich, in Richtung Vendée.

»Zehn Minuten Wartezeit.«

Anna hatte mir den Zettel zurückgereicht, und ich steckte ihn in die Tasche. Ich sagte überflüssigerweise:

»Ich muss auf die Verbindung warten.«

Sie zündete sich eine Zigarette an. Ich hatte ihr eine billige Handtasche und ein Handköfferchen aus Kunstleder gekauft, damit sie ihre paar Wäschestücke und Toilettensachen unterbringen konnte. Auf dem Fußboden des Postamts waren noch Wasserspuren zu sehen, man hatte ihn zum Fegen nassgespritzt.

Auf der gegenüberliegenden Seite des kleinen Platzes saßen Männer, die wie Honoratioren aussahen, vor einem Café und tranken Weißwein. Der Wirt in Hemdsärmeln und blauer Schürze stand mit einer Serviette über dem Arm dabei und beteiligte sich an dem Gespräch.

»Bressuire meldet sich. Kabine zwei.«

Am anderen Ende der Leitung rief eine Stimme ungeduldig:

»Hallo! La Rochelle … Sprechen Sie …«

»Ist dort Bressuire?«

»Ja, ich verbinde.«

»Hallo! Die Entbindungsklinik?«

»Wer spricht?«

»Marcel Féron. Ich wollte fragen, ob meine Frau noch bei Ihnen ist.«

»Wie war der Name?«

»Féron.«

Ich musste buchstabieren: F wie Ferdinand, E wie Emil …

»Ist sie im Wochenbett?«

»Ich denke. Sie war schwanger, als wir …«

»Ist sie auf der Allgemeinen oder privat?«

»Ich weiß nicht. Wir sind Flüchtlinge aus Fumay. Ich habe sie unterwegs verloren, mitsamt unserem vierjährigen Mädchen.«

»Bleiben Sie am Apparat. Ich schaue nach.«

Durch die Glaswand der Kabine sah ich Anna, die

wieder am Fenster stand und sich auf den Sims stützte. Es war sonderbar, ihr schwarzes Kleid, ihre Schultern, ihre Hüften zu sehen und wie sie mir bereits fremd wurden …

»Ja, sie ist hier. Sie hat vorgestern entbunden.«

»Kann ich mit ihr sprechen?«

»Es ist kein Telefon in den Krankensälen, aber ich kann ihr etwas ausrichten.«

»Sagen Sie ihr …«

Ich suchte nach Worten und hörte plötzlich die Geräusche der Telefonzentrale.

»Hallo! … Hallo! … Unterbrechen Sie noch nicht, Mademoiselle …«

»Dann sprechen Sie doch! … Machen Sie schnell …«

»Sagen Sie ihr, ihr Mann sei in La Rochelle. Alles ist in Ordnung. Ich werde so bald wie möglich nach Bressuire kommen … Ich weiß noch nicht, wie, aber …«

Die Leitung war plötzlich tot, ich wusste nicht, ob man das Ende meines Satzes noch gehört hatte. Es war mir nicht in den Sinn gekommen zu fragen, ob es ein Junge oder ein Mädchen und ob alles gutgegangen war.

Ich trat an den Schalter, um das Gespräch zu bezahlen. Dann sagte ich mechanisch, was ich im Laufe der letzten Wochen so oft gesagt hatte:

»Komm.«

Eine überflüssige Aufforderung, denn Anna wich ohnehin nicht von meiner Seite.

Auf der Straße fragte sie:

»Wie willst du dorthin gelangen?«

»Ich weiß nicht.«

»Die Züge werden sicher nicht so schnell wieder verkehren.«

Ich zerbrach mir darüber nicht den Kopf. Wenn es keine andere Möglichkeit gab, würde ich auch zu Fuß nach Bressuire gehen. Jetzt, da ich wusste, wo Jeanne sich aufhielt, musste ich zu ihr. Es war nicht einmal eine Pflicht. Es war so selbstverständlich, dass ich keinen Augenblick darüber nachdachte.

Offenbar sah ich ruhig und selbstsicher aus, denn Anna beobachtete mich mit einer gewissen Verwunderung. Am Hafen machte ich in dem Laden halt, in dem ich den Spirituskocher gekauft hatte. Es gab dort große Segeltuchsäcke, wie die Matrosen sie tragen. So einen wollte ich anstelle meines Koffers anschaffen, der sogar im leeren Zustand zu schwer für einen Fußmarsch war.

Die deutschen Soldaten mischten sich noch immer nicht unter die Bevölkerung. Ein Trupp, der außerhalb der Stadt, auf einem einstigen Festungswall, rings um eine Feldküche kampiert hatte, war in der Morgendämmerung weitergezogen.

Ich kehrte zum letzten Mal ins Lager, in das grüne Zirkuszelt zurück, um den Inhalt meines Koffers in den Seemannssack zu stopfen. Mein Blick fiel auf den Spirituskocher, und ich reichte ihn Anna.

»Den lasse ich dir. Ich brauche ihn nicht, und vor allem habe ich keinen Platz dafür.«

Sie nahm ihn ohne Widerrede und packte ihn in ihr Köfferchen. Ich war unruhig, weil ich mich fragte, wo und wie wir Abschied voneinander nehmen sollten.

Ein paar Frauen schliefen im Stroh. Andere, die sich

mit ihren Kindern beschäftigten, beobachteten uns neugierig.

»Warte, ich helfe dir.«

Anna hievte den Sack auf meine Schulter, und ich bückte mich, um meinen Handkoffer zu ergreifen. Sie folgte mir mit ihrem Köfferchen in der Hand. Draußen zwischen zwei Baracken begann ich unbeholfen:

»Mein ganzes Leben lang …«

Ihr Lächeln brachte mich aus dem Konzept.

»Ich komme mit.«

»Nach Bressuire?«, fragte ich erschrocken.

»Ich möchte nur möglichst lange bei dir sein. Hab keine Angst. Sobald wir dort sind, verschwinde ich.«

Ich war erleichtert, dass die Abschiedsszene aufgeschoben war. Wir begegneten Madame Bauche nicht und verließen das Lager wie viele andere, ohne ihr Lebewohl zu sagen, ohne ihr zu danken. Dabei waren wir die Alteingesessenen des Lagers. Den alten Jules hatte man anlässlich eines akuten Delirium tremens ins Krankenhaus gebracht.

Wir gingen durch immer belebtere Straßen zur Place d'Armes. Die Terrasse vor dem ›Café de la Paix‹ war vollbesetzt. Die Autos fuhren ganz normal. Im Hintergrund des Platzes, gegen den Park zu, sah man den gescheckten Tarnanstrich der deutschen Militärwagen.

Ich hatte gar nicht damit gerechnet, einen Autobus zu finden. Sie standen aber fahrbereit vor dem Busbahnhof, da niemand den Befehl gegeben hatte, den Verkehr einzustellen. Ich fragte, ob einer der Busse nach Bressuire oder Niort fahre. Man antwortete mir, nein, die Straße nach Niort sei von Autos und von zu Fuß laufenden Flüchtlingen verstopft, sogar die Deutschen kämen nur mühsam durch.

»Aber es fährt ein Bus nach Fontenay-le-Comte.«

»Liegt das auf dem Weg nach Bressuire?«

»Sie kommen jedenfalls näher heran.«

»Wann fährt er ab?«

»Der Fahrer tankt gerade auf.«

Wir setzten uns in den in der prallen Sonne stehenden Wagen. Am Anfang waren wir die Einzigen auf den leeren Bänken, dann stieg ein französischer Soldat ein, ein etwa vierzigjähriger Mann vom Lande, mit der Jacke über dem Arm, und im Weiteren ein halbes Dutzend Leute, die sich auf die Bänke verteilten.

Anna und ich saßen nebeneinander, durch die Schlaglöcher hin und her geschüttelt, und starrten auf die Landschaft hinaus.

»Hast du Hunger?«

»Nein. Du?«

»Ich auch nicht.«

Eine Bäuerin mit rotgeweinten Augen, die uns gegenübersaß, verspeiste ein appetitlich riechendes Stück Pastete.

Wir folgten einer Straße, die an der Küste entlang von Dorf zu Dorf führte: Nieul, Marsilly, Esnandes, Charron. Man sah wenig Deutsche, höchstens mal auf dem Dorfplatz, vor der Kirche oder dem Bürgermeisteramt ein kleines Trüpplein, das die Einwohner aus angemessener Entfernung beäugten.

Hier waren wir abseits des Flüchtlings- und Soldatenstroms. Irgendwo glaubte ich die Wiese und die Bahnstation wiederzuerkennen, wo wir die letzte Nacht der Hinreise verbracht hatten. Ich bin aber nicht sicher, weil die Landschaft vom Zug aus anders aussieht als von der Landstraße.

Wir fuhren an einer großen Molkerei vorbei, vor der Dutzende von Milchkannen in der Sonne funkelten, und überquerten einen Kanal. Ein Gasthof mit schattigen Bäumen vor der Tür, darunter Tische mit blaukarierten Tüchern gedeckt, Blumen darauf, ein hölzerner Koch, der den vorbeifahrenden Autos einladend eine Menükarte entgegenstreckte …

In Fontenay-le-Comte waren die Deutschen zahlreicher, ebenso ihre Fahrzeuge, Geschütze mit inbegriffen, doch nur auf der Hauptstraße, die zum Bahnhof führte. Auf dem Platz vor dem Busbahnhof erfuhren wir, dass es keine weitere Verbindung nach Bressuire gebe.

Ein Taxi zu nehmen kam mir nicht in den Sinn, erstens weil ich das nie getan hatte, zweitens weil ich nicht gedacht hätte, dass das überhaupt noch möglich war.

Wir traten in ein Café auf dem Marktplatz, um eine Kleinigkeit zu essen.

»Sind Sie Flüchtlinge?«

»Ja, aus den Ardennen.«

»Wir haben hier ein paar Leute aus den Ardennen. Sie arbeiten im Wald von Mervent als Holzfäller und sehen ein bisschen grobschlächtig aus, aber im Grunde sind es brave, fleißige Leute. Fahren Sie noch weit?«.

»Wir wollen nach Bressuire.«

»Haben Sie ein Auto?«

Wir waren die einzigen Gäste in der Schankstube. Ein

alter Mann in Filzpantoffeln beäugte uns durch die halbgeöffnete Küchentür.

»Nein. Schlimmstenfalls gehen wir zu Fuß.«

»Zu Fuß nach Bressuire? Mit dieser kleinen Frau da? Warten Sie, ich will einmal fragen, ob der Lieferwagen von Martin schon fort ist.«

Wir hatten Glück. Die Firma Martin, auf der anderen Seite des Platzes, war eine Eisenwarengroßhandlung und hatte Ware in Pouzauges und Cholet abzuliefern. Wir warteten, während wir unseren Kaffee auf dem Platz draußen tranken.

Wir durften mit und drängten uns zu zweit neben den Fahrer in die Kabine. Nach einer ziemlich steilen Steigung fuhren wir endlos durch einen Wald.

»Dort drüben arbeiten die Leute aus den Ardennen«, sagte der Fahrer und wies auf einen Holzschlag hin. Halbnackte Kinder spielten um ein paar behelfsmäßige Holzhütten.

»Sind hier viele Deutsche?«

»Gestern Abend und heute Nacht sind eine Menge durchgezogen. Hauptsächlich Motorräder und Anhänger mit Feldküchen. Die Panzer werden wohl noch nachkommen.«

Er hielt an, um einen Packen bei einem Hufschmied abzugeben. Ein Arbeitspferd, das gerade beschlagen wurde, wandte den Kopf nach uns und wieherte. Der Tag kam mir endlos lang vor. Obwohl wir Glück gehabt hatten, schien die Reise nicht enden zu wollen.

Jetzt nahm ich es Anna ein wenig übel, dass sie darauf bestanden hatte mitzukommen. Es wäre für uns beide besser gewesen, in La Rochelle Schluss zu machen, und ich wäre mit meinem Seemannssack auf dem Rücken und meinem Koffer in der Hand losgezogen.

Sie spürte, dass ich unzufrieden war, und machte sich zwischen dem Fahrer und mir ganz klein. Ich dachte plötzlich daran, dass ihr warmer Schenkel das Bein unseres Fahrers berührte, und fühlte einen eifersüchtigen Stich.

Wir brauchten fast zwei Stunden, um nach Pouzauges zu kommen. Unterwegs begegneten wir nur einer motorisierten Kolonne, die mindestens einen Kilometer lang war. Die Soldaten sahen uns im Vorbeifahren an, besonders Anna, und manche winkten ihr zu.

In Pouzauges sagte der Lieferant:

»Jetzt haben Sie bloß noch zwanzig Kilometer bis Bressuire. Kommen Sie mit ins Café da drüben, vielleicht finde ich für Sie eine Mitfahrgelegenheit.«

Ein paar mürrisch blickende Männer spielten Karten. Zwei andere saßen im Hintergrund und diskutierten über irgendwelchen Papieren, die sie zwischen den Gläsern auf dem Tisch ausgebreitet hatten.

»Fährt hier vielleicht jemand nach Bressuire? Die Herrschaften da sind Flüchtlinge, die noch heute hinkommen müssten.«

Einer der diskutierenden Männer sah wie ein Grundstücksmakler aus. Er musterte Anna von Kopf bis Fuß und erklärte dann:

»Ich kann sie bis Cerizay mitnehmen.«

Ich hatte nie von Cerizay gehört. Man erklärte mir, dass es auf halbem Weg nach Bressuire liege. Ich war darauf gefasst gewesen, Hindernisse zu überwinden, mich als Held zu erweisen, um zu meiner Frau zu gelangen – unter deutscher Bedrohung tagelang über die Landstraße zu wandern.

Ich war fast enttäuscht, dass alles so glattging.

Wir mussten eine knappe Stunde warten, bis die Unterredung beendet war. Die Männer waren mehrmals aufgestanden, wie um sich voneinander zu verabschieden, hatten sich aber immer wieder hingesetzt und noch eine Runde bestellt.

Unser neuer Fahrer hatte ein hochrotes Gesicht. Mit wichtiger Miene ließ er Anna neben sich einsteigen, und ich nahm auf dem Rücksitz Platz. Plötzlich überkam mich die ganze Müdigkeit der letzten schlaflosen Nacht. Die Lider wurden mir schwer, meine Lippen brannten, als hätte ich Fieber. Hatte ich mir am Ende einen Sonnenstich zugezogen?

Nach einer Weile bekam ich nicht mehr mit, was die beiden vorne sprachen. Ich nahm nur undeutlich Wiesen, Wäldchen, ein oder zwei verschlafene Dörfer wahr. Wir überquerten auf einer Brücke ein fast ausgetrocknetes Bachbett und hielten endlich auf einem Platz an.

Ich bedankte mich, Anna bedankte sich. Wir legten zwei- oder dreihundert Meter zu Fuß zurück, bis wir vor einer Bäckerei einen mit Mehlsäcken beladenen Lastwagen sahen, der in großen Lettern den Namen einer Mühle in Bressuire trug.

So brauchte ich nicht zu Fuß zu gehen und Anna auch nicht. Wir waren den ganzen Tag keinen Augenblick allein miteinander gewesen.

Es war noch nicht dunkel, als wir ankamen. Wir standen vor der Terrasse eines *café-tabac*, mein Seesack und mein Koffer zu meinen Füßen auf dem Gehsteig. Ich wandte mich ab, um ein paar Geldscheine aus meiner Brieftasche zu nehmen. Anna verstand und protestierte nicht, als ich sie in ihre Handtasche steckte.

Ringsum war alles leer; noch niemals hatte ich einen solchen Eindruck von Leere empfunden. Ich hielt einen Jungen an, der gerade vorüberkam.

»Sag mal, Junge ... Wo ist hier die Entbindungsklinik?«

»Zweite Straße links, ganz oben. Sie können sie nicht verfehlen.«

Anna erriet, dass ich mich verabschieden wollte.

»Lass mich bis zur Tür mitgehen«, flüsterte sie.

Sie sagte es so demütig, dass ich nicht das Herz hatte, sie abzuweisen.

Auf einem Platz machten sich deutsche Soldaten emsig um ein Dutzend Panzer zu schaffen, und die Offiziere brüllten Befehle.

Die Straße führte steil bergauf, von bürgerlichen Häusern gesäumt, und ganz oben ragte ein großer Ziegelbau auf.

Ich stellte wieder Sack und Koffer ab. Ich wagte Anna nicht anzusehen. Eine Frau lehnte in einem Fenster. Ein Kind hockte vor der Tür. Die untergehende Sonne beleuchtete nur noch die Dächer.

»Also ...«, begann ich.

Meine Stimme versagte, und ich ergriff ihre beiden Hände.

Schließlich musste ich sie doch ein letztes Mal ansehen. Ihr Gesicht erschien mir schon wie ausgelöscht.

»Lebwohl!«

»Sei glücklich, Marcel.«

Ich drückte ihr beide Hände. Ich ließ sie los. Dann nahm ich, beinahe schwankend, meine beiden Lasten wieder auf. Als ich schon fast an der Tür der Klinik war, kam sie noch einmal gelaufen und flüsterte mir hastig zu:

»Ich war glücklich mit dir.«

Durch die Glastür sah ich weißgekleidete Schwestern, eine Tragbahre auf Rollen, die Empfangsdame, die ins Telefon sprach. Ich trat ein. Als ich mich noch einmal umwandte, stand Anna immer noch draußen auf dem Gehsteig.

»Madame Féron, bitte.«

8

Nicht nur, um in mir selbst Ordnung zu schaffen und vielleicht manches zu begreifen, was mich nachhaltig verwirrt hat, schreibe ich diese Erinnerungen heimlich nieder, vor meiner Frau und allen andern verborgen. Wenn jemand in mein Büro kommt, sperre ich das Heft rasch in eine Schublade und ziehe den Schlüssel ab.

Denn jetzt habe ich ein Büro. Ich habe ein Geschäft mit zwei großen Schaufenstern in der Rue du Château und beschäftige mehr Arbeiter als der Sohn meines einstigen Meisters, Monsieur Ponchot, der es nicht verstanden hat, mit der Zeit zu gehen; sein Geschäft ist noch immer so düster und steif wie damals, als ich dort Lehrling war.

Ich habe drei Kinder, die munter heranwachsen, zwei Mädchen und einen Jungen. Der Junge, Jean-François, ist in Bressuire zur Welt gekommen, während Sophie bei den Bauersleuten in dem nahen Dorf blieb, bei denen Jeanne Zuflucht gefunden hatte, als der Zug nicht weiterfuhr.

Sophie schien über mein Erscheinen erfreut, aber nicht erstaunt, und als wir einen Monat später alle zusammen nach Fumay zurückfuhren, trennte sie sich schweren Herzens von dem Bauernhof.

Die Geburt verlief ohne Probleme. Jean-François ist der Robusteste von den dreien. Hingegen hatten wir mit seiner jüngeren Schwester große Schwierigkeiten. Tatsache ist, dass Jeanne noch nervöser als früher geworden war. Alles jagte ihr Angst ein, sie witterte ständig und überall Unheil.

Isabelle, unser drittes Kind, ist im dramatischsten Augenblick des Krieges zur Welt gekommen, als stündlich mit der Landung der Alliierten zu rechnen war. Manche Leute prophezeiten, es würde das gleiche Durcheinander und die gleichen Tragödien geben wie bei der deutschen Invasion. Man munkelte, alle halbwegs tauglichen Männer würden gegen die Deutschen eingesetzt werden, und viele Wege wurden schon mit Pfeilen markiert, damit wir die Heerstraßen nicht verstopften.

Es war die Zeit der größten Entbehrungen. Die Versorgung war auf ihrem Tiefpunkt angelangt, und auch auf dem Schwarzmarkt konnte ich mich nur in ziemlich bescheidenem Maß eindecken.

Jedenfalls kam das Kind zu früh zur Welt und musste in den Brutkasten, und Jeanne hat sich nie vollständig erholt, seelisch noch weniger als körperlich. Sie ist verängstigt und pessimistisch, und als wir nach dem Krieg den Laden in der Rue du Château eröffneten, war sie die längste Zeit überzeugt, dass wir einer Katastrophe entgegengingen und am Bettelstab enden würden.

Ich nahm mein Leben an demselben Punkt wieder auf, an dem ich es unterbrochen hatte. Das war meine Pflicht, meine Bestimmung, da es die einzige Möglichkeit war und ich mir nie vorgestellt hatte, dass es anders sein könnte.

Ich habe hart gearbeitet, und zur gegebenen Zeit konnte ich meine Kinder in die besten Schulen schicken.

Ich weiß nicht, was aus ihnen werden wird. Vorläufig gleichen sie den anderen Kindern in unserem Umfeld und sind empfänglich für alles, was man ihnen einimpft.

Trotzdem – wenn ich meinen Sohn heranwachsen sehe und die Fragen höre, die er mir stellt, wenn ich die Blicke auffange, die er mir zuwirft, dann habe ich so meine Vorstellungen.

Vielleicht wird Jean-François sich weiterhin so verhalten, wie seine Mutter und seine Lehrer es ihm beibringen und wie ich es, mehr oder weniger aufrichtig, selber tue.

Es ist aber auch möglich, dass er sich eines Tages gegen unsere Ideen, unsere Lebensweise auflehnt und seinen eigenen Kopf durchsetzt.

Das gilt natürlich auch für die Mädchen, aber vor allem, wenn ich mir meinen Sohn als jungen Mann vorzustellen versuche, werde ich unsicher.

Mein Haupthaar lichtet sich. Ich brauche immer stärkere Brillengläser. Ich bin ein recht wohlhabender, unauffälliger, eher farbloser Mensch. Die Ehe, die ich mit Jeanne führe, ist, aus einem gewissen Blickwinkel gesehen, die Karikatur einer Ehe.

Darum verfiel ich auf den Gedanken, meinem Sohn ein anderes Bild von mir zu hinterlassen – auf gut Glück. Ich habe mich gefragt, ob es für ihn nicht gut wäre, eines Tages zu erfahren, dass sein Vater nicht immer der schüchterne, geduckte Bürger und Ehemann gewesen ist, den er kannte, ohne anderes Ziel, als seinen Kindern die bestmögliche Erziehung zukommen zu lassen, damit sie auf der sozialen Leiter eine etwas höhere Sprosse erklimmen.

Auf diese Weise würden mein Sohn und vielleicht auch

meine Töchter erkennen, dass in mir noch ein anderer Mensch gesteckt hat und dass ich ein paar Wochen lang zu einer echten Leidenschaft fähig gewesen bin.

Ich bin mir noch nicht sicher. Ich habe noch keinen Entschluss bezüglich der Verwendung dieser Aufzeichnungen gefasst. Ich hoffe, dass mir die Zeit bleibt, um darüber nachzudenken.

Dass ich diesen Hintergedanken im Kopf hege, wollte ich hier an dieser Stelle zumindest bekennen, so wie ich es mir als ehrlicher Mensch auch schuldig bin, meine Geschichte zu Ende zu erzählen.

Im Winter 1940 war das Leben fast wieder normal geworden, bis auf die Anwesenheit der Deutschen und die bereits beginnende Verknappung der Lebensmittel. Ich hatte mich wieder an die Arbeit gemacht. Radioapparate waren nicht verboten, und die Leute kauften mehr denn je. Der Hahn Nestor und unsere Hühner, bis auf eines, scharrten wieder in ihrem Winkel hinten im Garten, und entgegen meiner Erwartung war nichts aus dem Haus gestohlen worden, kein Apparat, kein Werkzeug. Ich fand meine Werkstatt genau so wieder, wie ich sie verlassen hatte, nur etwas verstaubter.

Frühling und Herbst 1941 dürften ereignislos dahingegangen sein, denn ich habe keine besondere Erinnerung daran, abgesehen davon, dass Doktor Wilhems oft zu uns kam. Jeannes Gesundheitszustand machte ihm Sorgen. Später gestand er mir, er habe Depressionen befürchtet.

Wenn auch zwischen meiner Frau und mir von Anna nie die Rede gewesen ist, möchte ich doch beschwören, dass sie es weiß. Ist ihr durch Flüchtlinge, die wie wir nach

Fumay zurückkehrten, etwas zu Ohren gekommen? Ich erinnere mich nicht, dass ich damals jemandem aus unserer Heimat begegnet wäre, doch es ist nicht ausgeschlossen.

Jedenfalls hat das nichts mit Jeannes Gesundheit und ihren Angstzuständen zu tun. Sie ist weder leidenschaftlich noch eifersüchtig veranlagt. Wie ihre Schwester Berthe, deren Mann, der Konditor, offenbar jedem Unterrock nachläuft, würde sie Seitensprünge meinerseits vermutlich tolerieren, vorausgesetzt, dass alles sich diskret abspielt und unsere Ehe nicht gefährdet wird.

Ich versuche nicht, mich vor meiner Verantwortung zu drücken, ich erkläre nur sachlich, was ich denke. Selbst wenn sie in Bressuire gespürt haben sollte, dass ich eine Zeitlang ein anderer Mensch war, muss mein weiteres Verhalten sie beruhigt haben.

Ob sie geahnt hat, dass sie mich um ein Haar nicht wiedergesehen hätte? Aber das stimmt gar nicht. Unsere Ehe war keinen Augenblick ernsthaft bedroht. Das sage ich auf die Gefahr hin, mich in meinen eigenen Augen herabzusetzen.

Vor allem machten ihr die Deutschen Angst, eine instinktive, körperliche Angst: das Geräusch ihrer Schritte auf der Straße, ihre Militärmusik, die Anschläge an den Wänden, die nichts als schlechte Nachrichten verkündeten.

Im Zusammenhang mit meinem Beruf machten sie zweimal eine Hausdurchsuchung bei uns, in der Werkstatt und in der Wohnung, und haben sogar im Garten gegraben, um eventuelle Geheimsender aufzuspüren.

Damals wohnten wir noch in unserem alten Haus, in der Nähe der Maas, zwischen den alten Matrays und der Lehrerfamilie mit dem gelockten kleinen Mädchen. Letztere waren nicht zurückgekommen, und wir sahen sie erst nach der Befreiung wieder. Sie hatten den ganzen Krieg in Carcassonne verbracht, wo sich der Lehrer in der Résistance engagiert hat.

Meiner Erinnerung nach war der Winter 1941/42 besonders kalt. Kurz vor Weihnachten, es hatte schon geschneit, kam Doktor Wilhems eines Morgens zu uns, weil Jeanne sich von einer Grippe erholte. Sie hatte uns alle erwischt, aber Jeanne war besonders angeschlagen und noch verängstigter als sonst.

Beim Weggehen sagte der Arzt:

»Seien Sie doch so nett und kommen Sie sich bei Gelegenheit mein Radio anschauen. Ich habe das Gefühl, dass eine Röhre durchgebrannt ist.«

Um vier Uhr nachmittags war es schon finster. Die Straßenlaternen waren noch immer blau angestrichen, die Schaufenster verdunkelt. Ich hatte gerade eine Arbeit beendet, als mir der Doktor in den Sinn kam, und ich dachte, ich hätte vor dem Abendessen gerade noch Zeit, bei ihm vorbeizusehen.

Ich sagte Jeanne Bescheid und schlüpfte in meine Winterjacke. Mit dem Werkzeugkasten in der Hand verließ ich das warme Haus und trat in die eisige Finsternis hinaus.

Ich hatte kaum ein paar Schritte getan, als eine Gestalt sich von der Hausmauer löste und auf mich zukam. Eine Stimme rief leise meinen Namen.

»Marcel.«

Ich habe sie sofort erkannt. Sie trug einen dunklen Mantel und eine Baskenmütze auf dem Kopf. Ihr Gesicht erschien mir noch blasser als damals. Sie ging neben mir her wie damals, wenn ich »Komm« zu ihr sagte.

Sie kam mir ganz durchgefroren und sehr aufgeregt vor, während ich ruhig blieb und meinen klaren Kopf bewahrte.

»Marcel, ich muss mit dir sprechen. Das ist meine letzte Chance. Ich bin mit einem englischen Flieger hier, den ich in die unbesetzte Zone bringen muss.«

Ich drehte mich um und glaubte die Silhouette eines Mannes zu erkennen, der sich unter der Haustür der Matrays zu verbergen suchte.

»Jemand hat uns angezeigt, die Gestapo ist uns auf den Fersen. Wenn wir uns nur einige Tage an einem sicheren Ort verstecken könnten, bis sie die Suche hier aufgeben.«

Sie geriet beim Gehen außer Atem, was ihr früher nicht passiert war. Ihre Augen waren tief umschattet, ihr Gesicht verblüht.

Ich ging mit großen Schritten weiter. An der Ecke, als ich gerade in Richtung Fluss einbog, begann ich:

»Hör zu …«

»Ich habe schon verstanden.«

Sie verstand immer, bevor ich noch den Mund auftat. Trotzdem wollte ich loswerden, was ich zu sagen hatte.

»Die Deutschen beobachten mich. Sie waren zweimal …«

»Ich habe verstanden, Marcel«, wiederholte sie. »Ich bin dir nicht böse. Verzeih.«

Ich konnte sie nicht mehr einholen. Sie hatte sich umgedreht und war zu dem Mann zurückgelaufen, der im Dunkeln auf sie wartete.

Ich habe mit keinem Menschen je darüber gesprochen. Nachdem ich den Apparat des Arztes repariert hatte, ging ich wieder nach Hause. Jeanne deckte den Tisch, während Jean-François in seinem hohen Kinderstühlchen bereits sein Abendbrot verspeiste.

»Hast du dich auch nicht erkältet?«, fragte sie und sah mich besorgt an.

Alles war an seinem Platz, die Möbel, alle Sachen, die wir bei unserer Flucht zurückgelassen hatten, bloß dass es ein zweites Kind im Haus gab.

Einen Monat später sah ich an der Wand des Bürgermeisteramts einen noch feuchten Anschlag. Darauf standen fünf Namen, darunter ein englischer und der Name Anna Kupfer. Alle fünf waren tags zuvor im Gefängnishof von Mézières als Spione erschossen worden.

Ich bin nie mehr nach La Rochelle gefahren und werde auch nie hinfahren.

Ich habe eine Frau, drei Kinder, ein gutgehendes Geschäft in der Rue du Château.

»Noland«, Échandens (Vaud), März 1961